学生時代にやらなくてもいい20のこと

朝井リョウ

文藝春秋

もくじ

勃興

学問を究めるために都に出てきたはずの田舎者が、学舎の中で仲間たちと奔走した時代。

風雲

田舎者が都に振り回されながらも必死に生き延びようとする成長譚。

群雄

都を制圧しようと挑む田舎者に次々と立ちはだかった強敵達の記録。

落日

好き勝手立ち回ってきた田舎者の日々に訪れる学生時代の終焉。

初出　「別冊文藝春秋」2010年7月号～2012年3月号
(「ダイエットドキュメンタリーを撮る」「社会人になるのを嫌がる」は書き下ろし)

学生時代にやらなくてもいい20のこと

装幀　関口信介

勃興

学問を究めるために都に出てきたはずの田舎者が、学舎の中で仲間たちと奔走した時代。

便意に司られる

私はお腹が弱い。

文字にするとなんとも情けない一行目だが、この事実は私を語る上で大変重要な項目だ。最重要といっていい。本のカバーについている著者略歴に書き加えるべきだと思う。私の正しい略歴は、「平成生まれ」や、デビュー作のそれに加えられている謎の文言「大学ではダンスサークルに所属している」等ではなく、「岐阜県出身、5月生まれ、早稲田大学文化構想学部在学中。2010年に『桐島、部活やめるってよ』でデビュー。お腹が弱い」である。そうするべきである。

お腹が弱いというか私は器が小さいのだ。ビビリなのだ。例えば大切な試験の前とか、それこそダンスのステージ直前などはもちろん危険である。それ以外に、普段と違う場所に行く、ということだけでも私の腹は悲鳴をあげる。例えば、この仕事をするようになり、テレビの収録だったり写真撮影だったり、非日常を体験することがたまにある。そういう時は危険だ。非日常に浮かれている私を、便意はいとも簡単に現実へ連れ戻してくれる。その点で私は、就職活動に大変な不安を抱いていた。面接の順番を待っている間に大事件を起こす恐れがあるからである。そんなことをすれば、いくらしっかりとスーツを着ていようが精悍《せいかん》に志望動機を述べていようが、全て台無しである。「正装なのにドジしちゃって★」というギャップ萌えが期待できるという意見もあるが、この場合その考えは捨てたほうがいいだろう。

私のような人は他にもいるだろうが、私ほど敏感に便意に司《つかさ》どられる人はなかなかいないのではないだろうか。私は電車や車すら苦手だ。なぜならそこにトイレがないからである。東京に出てきてからはたまにトイレのついている電車に巡り合うことがあり、その時はトイレのある車両を探し右往左往する。トイレがそばにあるというだけで安心なのだ。他には何もいらない。

本題に入ろう。

私は大学一年生のときに、演習クラスのメンバーと教授で、山梨県の河口湖に合宿に行った。大学、演習、教授、合宿と並ぶととてもアカデミックな響きに聞こえるが、実際はいかに遊び、いかにおいしいものを食べるかという旅だったように思う。

その合宿の二日目か三日目かは忘れたが、その日は午前中のうちにバスで市街地のほうへ移動するというプランだった。宿泊していたコテージは河口湖の湖畔にあったため、バスで何十分か移動しなければ市街地に辿《たど》りつけなかったのだ。

このプランを知った時点で、私の腹は反応する。バスで何十分もの移動。しかも、朝だ。私の腹が一番機能を狂わすのは朝なのだ。この時すでに、私の頭の中で地球は二つのエリアに区分される。トイレがある場所とトイレがない場所である。

しかし旅の雰囲気というものもあり、私はそれ程トイレに関して心配していなかった。実際、旅の楽しい気分は便意をどこかへ追っ払ってくれる。この時もそうであった。皆で朝ごはんを食べ、着替え、うきうき気分でバス停へと向かった。バス停は田んぼ道の途中にあった。周りには何もない。ずっと遠くに民家が見えるくらいだ。バス停の時刻表にはほぼ一時間毎にしかバスが来ないことが記されており、皆で「次のヤツに絶対乗らなきゃ」等と談笑していた。

あと三分程でバスが到着する。ここで、私の腹を稲妻が貫いた。お察しの通り、便意という名の稲妻である。

私は焦る。自分の体のことは自分が一番よくわかっている。この状態のまま、バスに何十分も揺られるのは不可能だ。だからといって周囲にトイレはない。トイレどころか何もない。どうしようか。次を逃したらバスは一時間来ない。私の焦りに友人たちは気付いた様子で、「どしたの、トイレ?」「だいじょーぶ?」等と言っている。そんな言葉は耳に入らない。私の頭の中は便意に支配されている。焦れば焦るほど、腹の中は大嵐になってくるのである。

これは無理だ。

殺し屋が、す、と銃を構えた時のように、私の心は凪《な》いだ。これは無理だ。出る。今、あの遠くに見える民家に突入しなければ、出る！

私はロケットスタートを切った。「えっ」「リョウ？」戸惑いを隠しきれない友人達の声を背中で受け止め、私は走った。風を切り、一点を見つめ走った。背筋を伸ばし走った。メロスのように走った。民家の前におじさんがいる。彼が私のセリヌンティウスだ。

「あのっ」

声をかけ、驚いたように振り返るおじさんに、私はいきなり「腹が限界だ」という旨を伝えた。おじさんがいい人で本当に良かった。おじさんは何の疑いもなく私を家にあげてくれたのだ。危なかった、もしおじさんが私を不審人物だと見なしトイレの使用を断っていた場合、私は脱糞し本当の不審人物になっていただろう。

五人ほどで暮らしているらしく、リビングは家族だんらんの和やかな空気に包まれていたが、私は一瞬の迷いもなくそこを横断しトイレに辿りついた。何も考えられなかった。とにかく便座に座り感謝するしかなかった。

こんな、不審者かもしれない若者を心優しく受け入れてくださり、ウォシュレット付のトイレまで貸してくださったご家族に、この場を借りて最大限の感謝を示したい。私は用を足したあと、仏のような微笑みでお礼を述べた。本当に、ここまで人の優しさ、あたたかさを感じたことはなかったかもしれない。どれほど感謝をしても感謝しきれない思いだ。

迷惑だと思っていた便意のおかげで、思いがけず人の優しさに触れたなぁと感慨深い気持ちで民家を後にすると、私の目にある光景が飛び込んできた。

バスが来てる！

私は再びロケットスタートを切った。だけど先ほどとは違う。体が軽い。私は自由だ！便意にとらわれていないという幸せを体感しながら、私は走った。友人が大きく手を振っているのが見える。あぁ、バスって、たった一人の乗客の便意のために待っていてくれるんだなぁ、と私はここでも思いがけない優しさを感じていたのである。

ダイエットドキュメンタリーを撮る

どうしてこんなことをしたんだろう、という体験は、みなさんにももちろんあるだろう。それは恋愛においての一幕かもしれない、仕事においての失敗かもしれない。もう取り返しのつかない「あんなこと」や「こんなこと」、私と友人たちはそれを、大学一年生の学祭にてやらかした。

早稲田大学文化構想学部には、一年生時のみ、クラスというものが存在する。一クラス二十人ほどで、学籍番号により自動的に振り分けられる。私のクラス番号は「22」だった。この22組というのが今振り返るとなかなか曲者《くせもの》ぞろいだったように思う。大量に高校生が押し寄せるオープンキャンパスでは、なぜかこのクラスで「早大生の一日」という紹介映像を作って放映した。男子バージョンの主演は私、女子バージョンの主演はIという小柄な女子が務めた。みんなで協力して創り上げたものの、私の抜群の棒読み演技が夢と希望に満ちた高校生たちを戦慄《せんりつ》させるという哀しい結果に終わった。映像サークルでも何でもないただの一クラスのくせに出しゃばるからこうなるのだ。しかし22組はそれだけでは飽き足らず、高校生のためのイベントステージまでやってしまった。そこでMCを務めた私が一番の出しゃばりだった可能性は否定できない。

そんな出しゃばりクラス22組が、大学生になってはじめての学祭を迎えようとしていた。出しゃばりたい気持ちがむらむらと心の中で波打つ。もうこんなのは学祭というよりどうぞ出しゃばりな祭である。

早稲田大学の学祭はかなり大規模で、計二日間の動員数は某夢の国のそれを上回るという。さまざまな屋台がキャンパス内を埋め尽くし、数あるイベントスペースではそれはそれはいろんな種類のパフォーマンスが行われる。中には何千人規模という人を集めるパフォーマンスもあり、ゲストとして芸能人や歌手が訪れることも多い。

経緯はよく覚えていないが、ごくごく自然な流れで、私たち22組も学祭に何かを出展することになった。同じモノが好きで集まったサークルでもなければ同じテーマを突き詰めて勉強しているゼミでもないので、研究発表のようなことができるわけでもない。しかも、みんなそれぞれサークルやらで学祭の準備があるため、それなりに忙しそうであった。しかし一歩も引かないところが22組である。

早速ぶつかった問題は、「何をするか」だった。当然の出鼻のくじかれ方である。

「どうする?」

「……食べ物系は、許可とかいろいろ取らなきゃだからダメなんだよな?」

「うん、材料の調達とか冷静に考えて無理だしね」

「そんなに時間もないし、さっとできるものがいいよな」

「かつ、学祭でやって盛り上がるもの」

「そして、お客さんが喜ぶもの、か」

「うーん……」

話し合いは難航を示した。というか、そこ考えてなかったんかい、という感じである。

食べ物系ではなく、時間のかかる準備や練習などが不要で、だけどお客さんが喜んでくれるもの。そんなものあるわけないお——クラスの空気がついに澱《よど》みはじめたとき、教室内に鶴の一声が鳴り響いた。


「……あ。足湯は？」

おっ

食べ物系ではないし、教室にお湯を置くだけだから時間のかかる準備や練習などは不要だし、何よりお客さんが喜んでくれる！

私たちは一瞬色めきたったが、「大学の敷地内で温泉を掘り当てられる自信がない」という理由で却下となった。学祭中、気持ちのいい温度をキープした大量のお湯を常に調達しつづけるなんて不可能だ。というか、そんな学祭の思い出はいらない。

結果、その話し合いでは「壁画」という結論に落ち着いた。そのとき私たちの通うキャンパスは工事をしており、大きくて真っ白なついたてがキャンパス中にあったのである。それにみんなで何か描こうぜ、という、何ともアバウトな結論に私たちは甘んじた。みんなでおそろいのツナギ着よー！　キャー！　ペンキで汚したりしてさー！　キャー！　と重要でない部分で教室はにわかに盛り上がった。

しかしすぐに、そのついたての使用許可が取れない、というサルでも予測できるような事態にまんまと陥《おちい》り、壁画という案も立ち消えた。振り出しへ戻る、である。

出展スペースを確保してしまった手前、何かしなければならない。「もうお客さんの休憩室でいいじゃん」という足湯から湯を取ったみたいな案に落ち着きかけたとき、私たちはよからぬことを思い出した。

オープンキャンパスで撮った、「早大生の一日」。

このクラスができることは、映像を創ることだ！

いま思うと勘違いも甚《はなは》だしい。しかしこのときの私たちは、やっと見つけた安住の地を逃すまいと躍起《やっき》になっていた。

「このクラスで映画撮ろう！」

「時間なくない!?」

「カメラはまた先生から借りてさ、どうにかなるでしょ！」

「待って映画は現実的じゃないって！」

「じゃあどうする？」

「いまから脚本とか作るのは無理だから、映画じゃない映像作品にしようよ」

「なるほど」

「じゃあさ……」

このあたりのやりとりを私は詳しくは覚えていないが、その末に出た結論だけは一生忘れることはないだろう。


ダイエットドキュメンタリーを撮る。


何故だ。何故こうなったのだ。私は未だにこの結論に至った経緯を思い出せない。現在、元22組の誰に聞いても「よく覚えていない」と答えるのだ。怖い。一体誰が、そこらへんの大学生のダイエットの記録映像を観たいというのだ。国内最大級の学祭に来て、大きなイベントがたくさんある中、一体誰がこんなわけのわからないものを観に来るのだろうか。

頭の中に数多《あまた》浮かんだ疑問を全てねじ伏せ、ダイエットドキュメンタリーの製作は始まった。

そこで白羽の矢が立ったのがＩであった。先程述べた、ＶＴＲ「大学生の一日・女子版」

の主演女優である。棒読み演技で場を凍りつかせた私は名前すら挙がらなかった。

そして、カメラを借りられる日や、I、スタッフを務めるメンバーのスケジュールを確認した結果、ダイエットドキュメンタリーの製作にあてられる日数は一日だけとなった。

もう一度言う。

ダイエットドキュメンタリーの製作にあてられる日数は一日だけとなった。

朝から夜までビデオカメラを回し続けたところでIは絶対に痩《や》せない。この時点ですでに「ダイエットドキュメンタリー」ではなく、「Iが一日に食べたものを随時報告する映像」が製作されることが決定した。

もうなんのためにこんなものを作っているのか、誰もわからなくなっていた。こんなものを学祭で放映するくらいなら、確保した出展スペースをゴミ箱にでもしてもらったほうがマシだ。誰もがそう思う中、Iはカメラの前でけなげにバナナを食べる。

Iの食事を記録しただけの映像は、クラスに唯一いた映画サークルの男子による緻密な編集作業を経て無事完成してしまい、学祭当日が訪れてしまった。私たちは出展スペースとして教室をひとつもらっていた。つまり、誰かがその教室に常駐していなければならない。この役割は怖すぎる。ただ観るだけでも相当な勇気を要するあの映像を、見ず知らずの誰かに提供するなんて。DVDの再生ボタンを押した途端、訪れたお客さんにとって人生で最も無駄な時間が流れ始めるのだ。しかもIは映像の中で全く痩せない。ただしっかりと三食を摂取するのみである。

結局、22組の中でも最も頼れる九州男児、Rがその役目を請け負ってくれることになった。勇者である。「でも大丈夫、きっと誰も来ないよ……」私たちはみなそう思いながら学祭の中に散らばっていった。だって芸能人や歌手などもたくさんくるような規模の学祭なのだ。そんな中でこんなものを観に来るなんて、情弱乙と言わざるをえない。不安とちょっとの期待を胸にしたまま、私も自分の所属するサークルのもとへと走っていった。


〜四年後〜


ずるい映画みたいな編集の仕方をして申し訳ないが、ここで四年の月日が流れる。正直、学祭当時は本当にバタバタしていて、結局あの映像がどうなったかなんてすっかり忘れてしまっていたのだ。

大学卒業を控えたある夜、私たち22組は飽きもせず集まってお酒を飲んでいた。そのときふいに、このダイエットドキュメンタリーの話になった。

その席には勇者Rもいて、「そういえば、あのときの学祭当日ってどうだったの？　客きたの？」と軽い気持ちで私は訊いた。するとRは、誰も知らないあの日のことをこう語ってくれた。

なんと、ご年配の方がおふたり、教室にやってきたそうなのだ。一体どこで情報をキャッチしたのかすらわからないが、とにかく、Iのダイエットドキュメンタリーは高齢層に需要があったらしい。私たちのマーケティング不足が露呈したといえる。

「観に来た人いたんだー！」「意外ー！」私たちはけらけら笑った。「それで？　それで反応どうだった？」

お酒で顔を赤くした私たちに向かって、Rは言った。

「実は俺、あの映像流せなかったんだよね……恥ずかしくて」

！

なんということだろうか。ダイエットドキュメンタリーは勇者改め覇者Rの判断でお蔵入りになっていたのである。「いざお客さんを前にしたら、こんなもの流せないと思って」Rのあまりの真っ当な言い分に誰も何も言えなかった。だってRは間違っていない。むしろあんなウイルスみたいなものを世に放たなくてありがとうといった感じだ。Rは世界を救ったのだ。

本当に、どうしてあんなものを作ったのか未だに全く分からない。また、付け加えておくならば、エッセイに書くためにあの映像をもう一度観たかったため、卒業後に22組で集まった時に誰かＤＶＤを持っていないかと訊いてみた。するとなんと、誰も持っていなかったのである。製作指揮っぽいことをしていた男子に訊いてみても、「知らない」の一点張りだ。怖い。何だったのだあれは。ちなみに、「早大生の一日」のＤＶＤは私が持っている。持っていたら持っていたで怖くて、一度も観ることができていないが。

地獄の100キロハイク

前夜

エッセイを連載するのはこれが初めてなのだが、編集者が書いた連載初回のエッセイのあおり文を見て私は動揺した。【現役大学生作家が送るすこし不安で笑える「日常」へようこそ!】……私が「しめしめ、これはエッセイに書くと面白いぞお」と、どや顔で綴《つづ》った日常は、どうやら「すこし不安」らしい。不安がられちゃった……と私は力無く笑ったのだが、「すこし」どころか眠れないほど不安になった出来事を思い出しもした。

大学三年生の五月二十二日から二十三日にかけて、私は開催四十八回目を数える100キロハイクというイベントに参加した。100キロハイクとは【二日間かけて埼玉県本庄市から早稲田大学まで歩き通す】というドM行事である（ちなみに実際の距離は百二十五キロだ）。しかも、全員仮装をすることが必須条件であるため、世界一長い仮装行列、とも呼ばれているという。参加すればもれなく「人生で最大の過酷さを体験できる」ともっぱらの評判だが、参加者は抽選制度を経ても毎年千人を超すらしい。この大学にはそんなにも多くの真性マゾヒストが眠っているのだ。抽選に漏れたマゾヒストたちは何を使ってそのうっ憤を晴らすのだろうか。よくない想像が膨らむ。

私はサークルのメンバー約二十名と共に、その年やっと真性マゾヒストの仲間入りを果たしたわけだが、参加することが決まった当初、正直この行事をナメていた。丸二日間皆で歩くんでしょ楽しそ~ラブアンドピース！　といった感じだったのだが、ある日持ち物表が記載されているパンフレットを手にした私は、銀行から大金を下ろし街じゅうを走り回ることになった。

最高にフィットするウォーキングシューズ、ウエストポーチ、五本指ソックスを十足程度、大量の湿布、マメを潰《つぶ》すための安全ピン、潰したマメに塗る消毒液、テーピング、絆創膏、コールドスプレー、レインコート、寝袋、筋肉痛に効くと噂のバファリン、ナロンエースを大量に、さらに真夜中に山道を歩くための懐中電灯、そして仮装の衣装等々……ハイキングという冠を掲げながらこの絶望的な持ち物表は何なのだろう。「マメを潰すための」って……マメできるのは当然でしょみたいな顔してアンタ……。

持ち物を買い揃えるたびに不安が募る。二日間で百二十五キロ歩くというのは、想像を絶する過酷さのようだ。前日の夜、私はウエストポーチを前に頭を抱えていた。二日間を歩き通すためには、荷物の軽量化は絶対だ。リュックは肩が疲れるだろうから、私はウエストポーチで戦いに挑むことに決めた。ちなみに明日は朝八時半に本庄市に集合であるため、五時起きである。しかし、私は心配性だ。著者略歴に「お腹が弱い」に加えて「心配性である」と付け加えるべきである。

もしかしたらこんなことがあるかも、じゃあアレも必要だ、いやあんな事態に陥《おちい》るかも、ならばコレもいる……日付が変わるまで様々な緊急事態を考慮し続けたネガティブ頭が「野糞をするかもしれないのでトイレットペーパーを持参する」という珍回答を叩きだすまで、私は眠れなかった。

ちなみに枕元にはバスローブとワイングラスが用意されている。この機会を逃すともれなく職質されてしまうような服装を堂々と楽しみたいという、真っ当な作戦会議ののちに決まった私の仮装だ。「荷物の軽量化は絶対だ」と先ほど力強く言い切った私だったが、ワイングラスは必須アイテムである。バスローブといえばワイングラスであろう。それくらい私にも分かる。しかも、そんなもの百均などで買えばいいものの、私はデビュー祝いに地元の友達からもらったワイングラスを用意していた。ちなみにこれがワイングラスの初使用である。考えうる限り最大の振り幅で間違った初使用であることは否めない。

もちろん私服などという荷物になるものは持っていかない。つまり、アパートを出るところから私はバスローブ姿で片手にワイングラスなのである。この瞬間に作戦会議を行った意義はきれいさっぱりなくなったといえる。もしスタート地点に着くまでの間に警察に職質をされたとして「これから百二十五キロ歩くための衣装です」と正直に動機を述べたところで、罪が重くなるという結果が容易に想像できるからだ。

さあ寝よう。明日からついに旅が始まるのだ。私は目ざまし時計を五時にセットして眠りについた。ウエストポーチに完璧にまとめた荷物（トイレットペーパー含む）に満足していた私だったが、明くる朝からの二日間、想像を絶する地獄を体験することになるのである。

スタート

「バスローブ姿で西武線に乗車するのは、恥ずかしいというよりも気持ちがいい」という自らに潜《ひそ》む新たな一面を発見した朝を経て、開会式を迎えた。スタート地点である本庄市の某施設の駐車場には自分が恥ずかしくなるくらいの素晴らしい仮装が何百と溢れていた。バスローブ×ワイングラスの面白さなんて五秒くらいしか持続しなかった。四人並んで手錠をしている男女（トイレはどうしたのだろう）、竹馬のような高下駄を履いている人、どでかいマネキンを彼女「よしえ」として持ち歩く人（よしえは計八回全身骨折したらしい）、焼きそばの屋台を丸ごと作ってきた人、二宮金次郎の薪を背負っている人……想像を絶するマゾヒストの集いである。この行事には完歩するという最大の目的以外にも「仮装大賞」なるものがあり、大賞獲得を目的とする人はお金の掛け方からして私たちとは違う。私はこのヘタレ仮装のせいでこれから百二十五キロをスベり続ける運命なのだ。

午前九時ごろ、まさかの本庄市市長のあいさつからスタートした百二十五キロは、全部で六区に分かれている。初日で三区まで歩くのだが、この三区というのが真夜中の山道であるため精神が崩壊しがちなスポットとして有名であるらしい。スタート当初四人で固まっていた私たちは、「三区怖いねー」「皆仮装すごいねー」と言いながらガツガツ歩いた。各区の終わりには休憩所がある。一区の休憩所に着いたのが確か午後一時くらいで、この辺りまでは全く余裕だった。「会いたかったー会いたかったー会いたかったーイエスッ(イエスのところでワイングラスで乾杯)」と歌ったり写真を撮ったり、テンションはまだまだ高い。

問題は二区であった。もちろんこのときの私たちは知らなかったのだが、道路の区分の関係で、二区は一区の二倍以上の長さだったのだ。歩いても歩いても休憩所に辿り着かない。口数も少なくなる。このあと噂の三区が待っているというのに、二区が終わらないまま夜が訪れてしまった。

この辺りで、「脚ってどんなんだっけ?」という状況に陥る。痛みと疲労で、立ち止まったら二度と歩き出せなくなりそうなのだが、たまに適切なストレッチをして栄養を摂らないと明日が危ない。私たちは「ううあ」「あう」等と悲痛な叫び声を上げながら、たまーにあるコンビニの駐車場に寝転び、湿布を貼りかえ痛み止めの錠剤を飲みまくり、脚を心臓より上にあげたままの状態で魚肉ソーセージを食べた。

何と残酷な画《え》だろうか。生命力が溢れているはずの二十歳前後の男女が、石ころだらけの駐車場に寝転び、きったないフェンスにかかとを掛け、魚肉ソーセージのおいしさに黙りこくっている。

痛くない痛くない痛くないと頭の中で唱えながら、何とかして私たちは二つ目の休憩所に着いた。案内係に「あと少しです！」と言われてから一時間近く歩いた私たちは口々に罵詈雑言を放っていた。この「あと少し」と言われてからの一時間が本当に本当に辛かった。このとき確かすでに午後九時辺りだった気がする。さらにこれからもう一区あるのだ。休憩所に着いたからといって嬉しくもなんともない、正直もう嫌だ。真性マゾヒストたちもお手上げのドMプレイである。さらにこれからもう一区、むしろ明日もあるという絶望から、私は物凄い形相をしていた。間違いなく、私はこのとき人生で一番弱っていた。

しかし、そういうときに神は笑うのだ。

「あ、朝井リョウさんだ」

神は、「知らない人から声をかけられる」という滅多に経験できない素敵すぎる出来事を、精神が崩壊している真っただ中の私に全力で投げつけてきた。私は「(にこ)」と声もなく微笑んですぐ夢中でふくらはぎをマッサージし始めた。何でこのタイミングなのだろう。もうこの際ぐっしゃぐしゃのバスローブ姿の哀れな全身写真を著者近影に使っていただきたい。

三区は街灯もない山道を歩くため懐中電灯が必須なのだが、私の懐中電灯は買ったばかりで電池も未使用であるにも拘《かかわ》らず点《つ》かなかった。この懐中電灯が荷物の中で一番大きかったのだ。もう何なのだろう。もういい。もういい！　頭の中で何かがプチンと切れたからだろうか、真夜中の三区はやたらと楽しかった。ラブホテルの前で撮った記念写真を見返してみても、皆よく笑っている。きっと皆少しずつおかしくなっていたのだろう。

やっとのことで三つ目の休憩所に着き、眠りについたときはもう午前二時半近くだった。午前九時から歩いたとして、十七時間半も歩き続けたのだ。メンバー皆、壮絶不細工であった。

明日は六時半にここを出発しなければならない。

ゴール

歩いている夢を見て疲れたら最悪だ、と念じながら寝た結果、「メディア・リテラシーについて専門家と意見交換をする」という残念な夢を見た。物凄く疲れた。

あんまり眠ることもできず、午前六時半がやってきた。二日目スタートだ。心機一転、と一歩目を踏み出したとき、私は小さな一重まぶたを大きく見開いた。

右足首がおかしい。曲がらない。

中学、高校と私は一回ずつ捻挫《ねんざ》をしたことがあるのだが、どちらも右足首だったような気がする。一度は剝離《はくり》骨折を伴うほどだったのだが、正直、適当に治してしまっていた。嫌な予感がする。何重にもテーピングをしているにも拘らず、一歩歩くたびに痛みは増していく。さらに雨が降り始め、バスロープは驚異の吸水力を発揮し始めていた。心の底からオーマイガーである。

午前十一時ごろ、四つ目の休憩所に着いたころには、私の足首は焼けるように痛むほどになっていた。ペースはかなり落ちてしまい、私に合わせてくれているメンバーにも申し訳ない気持ちになる。気を緩《ゆる》めると「俺の屍《しかばね》を越えていけ」等と口走ってしまいそうになるのだが、とにかく歩くしかない。右足に体重を乗せられないので、体は斜めになってしまう。ちなみにこの四つ目の休憩所では有志のみが参加する体育祭が行われており、もうどこを見回しても変態しかいなかった。

さらに数時間歩き続けると、道路標識が東京都の地名になったが、雨は強まるばかりだ。脚、足首の痛みで涙が出る。バスロープの吸水力は驚嘆すべきレベルに達しており、家に帰ったらこいつを八つ裂きにして雑巾にしてやろうと誓う。

何で参加したんだろう。何のために歩いてるんだろう。もうやめたい。脚が痛くてたまらない。右足首が熱い。家に帰りたい。しかも実家に。五区を歩いている最中、私の心の中は負の感情で埋め尽くされていた。もう誰も喋らない。雨で全身はびしょ濡れ、もうどこへ向かっているのかも分からないくらいだ。

だけどリタイアはしない。絶対にしない。見えるからだ。自分たちよりも遥かに負荷のある仮装をしている人たちが前を、後ろを歩いている姿が。「お疲れ様です」「がんばりましょう」お互いに声をかけ合う。歩く、という単純な行為も、ここまでくると人と人を繋《つな》ぐのだ。身を裂くような痛みの中で、私は人と人が繋がることの強さを実感していた。

それに、もしここでリタイアしたら、きっとこれからの人生ずっと辛い場面でリタイアし続けることになる気がする。今日の夜までこの脚で歩き続け、ゴールすることができたら、きっと私の中で何かが変わる。

午後五時辺り、五区の休憩所に着いた。

五区の休憩所は、私のアパートのすぐ近くだった。

私は一瞬でリタイアを検討した。数行前で「ゴールすることができたら、きっと私の中で何かが変わる」等と企業CMばりの自己啓発コメントをぶっ放していたが、私は瞬間的に「ここでリタイアしたら楽だお」と思った。皆「あと六区だけだ！」「もうちょっと歩くだけ！」と若干油断している様子なのだが、私は知っている。私のアパートから大学まで、計十三駅あるのだ。それをコンビニへガリガリ君でも買いに行くように「もうちょっと歩くだけ」と表現してしまうあたり、私たちの距離感覚は着実に狂ってきていた。

もう、どういう仕組みで脚が動いているのか分からないくらいに痛い。だけど歩く。朝から雨に打たれ続けている体は震えるほどに冷え切っている。だけど歩く。ここからまだ十三駅分も歩くのだ。そこに理由はない。昨日まで顔も見たことなかった人たちと「あとちょっと！」と声をかけ合いながら、私たちは歩いた。街のネオンに照らされてぴかぴかに光っているように見える、いつもの大学までの道を歩いた。友人は泣いていた。私も泣いていたかもしれない。六区を歩いていたころの記憶はあまり残っていないというのが正直なところだ。大学が見えた。大雨の中、大勢の人が我々マゾヒストたちのゴールを待っていた。

ゴールした瞬間のあの感覚は、私はきっと一生忘れられないだろう。心の底から思ったのだ、人生何でもできる、と。今までは「フッ、きれいごと言うな」等と鼻で笑っていたような言葉が、血液の中に溶けて全身を駆け巡る。人生、諦めなければ何でもできるんだ。これは本当なんだ。

私は閉会式で泣いた。決して「体じゅうが痛くて嬉しい」というマゾヒズムの結晶としての涙ではない。同じく百二十五キロを歩ききった人たちがこんなにもいる。ずぶ濡れで、もう立てないくらいに脚が痛い人たちがこんなにもいるのだ。それ自体が尊かった。涙が出た。あのときは無条件に、私たちの未来は明るいと思った。そんなことを思ってしまうほどのパワーがそこには溢れていた。私の心にも、熱い熱い思いが溢れ返ってくる。

本当に、本当に、本当に、本当に、人生諦めなければ何だってできるのだ。

だけど明日は何もできない。

世界で一番きれいな二律背反が誕生した瞬間だった。ちなみに、家に帰った瞬間にまとめて洗濯機に放りこんだ下着や荷物は、トイレットペーパーでぐちゃぐちゃになって洗濯ドラムから出てきた。一度も出番がなかったくせにそんな形で存在感を出してきたトイレットペーパーを見て、私は「もう知らない」とひとりごち、その日の授業を全てスッキリ休んだ。

他学部の授業で絶望する

私は、早稲田大学文化構想学部に在籍していた。早稲田大学にはオープン科目というものがあって、それは学部関係なく取れる授業のことを指す。しかも文化構想学部の場合、オープン科目で取得した単位も卒業単位に認定されるということで、わりと自分の学部の授業だけでなくオープン科目を受講している学生も多い。

大学一年生の後期、私もこのオープン科目というものを受講してみることにした。実際、あちこち目移りするほどに様々な分野に亘《わた》る講義が用意されており、心が躍る。友人と「これにしよっか」「えーでもこっちの方が面白そう」等とサイゼリヤでひたすら議論を交わした結果、私たちは複数のオープン科目を受講することに決めた。

その中でも忘れられない講義がある。講義名は、「ファイナンシャル・プランニング講座」。通称「ＦＰ」である。

私たちは「なんとなく経済的なものに触れてみたい」というゆとり世代を感じさせる理由で受講を決め、ヤル気まんまんで初回の授業に挑んだ。

大教室は多くの人々であふれていた。私たちはゾクゾクしながら授業の始まりを待つ。隣にいる友人も頬を紅潮させている。離れた席にまた別の友人を見つけ「リョウも取ってんだー」等と会話をする。大教室は、いつもの講義とは違う雰囲気に包まれていた。

ＦＰはもともとは商学部に所属していた講義らしく、教室も商学部の学生が使うような棟にあった。いつもとは違うキャンパス、教室、これから始まる講義、そういう環境に私は浮足立っていた。

そして、いざ講義が始まってみると、私たちは硬直することとなる。

講義が全くわからないのだ。

こんなにもわからないことがあるのか、というくらいにわからない。漫画などでよく見る「何がわからないのかわからない」という状況である。友人も能面のような表情になっている。きっと友人から見た私もそうなのだろう。人生で一番わからない。

講義が終わるころには、私は憔悴《しょうすい》しきっていた。九十分間何を言っているのかわからなかったのだ。こんな屈辱は初めてである。

しかし「ＦＰを受講している」という謎の自尊心もあって、私たちは講義に通い続けた。回を重ねるごとに理解不可能度は増していったが、周囲の友人に鼻の穴をふくらませながら「ＦＰ取ってるんだ」と吹聴することで、壊れそうな自分を保っていた。しかし、七回ほど講義を受けた辺りで、大嵐が私たちを襲う。

中間レポートの提出である。テーマは、「K社のI氏の減価償却の方法について」。レポートのテーマが発表された時、私たちは動揺した。正確に言うと、私たちだけが動揺していた。周りの人々は「ふむふむ」とでも言い出しそうな表情をして、サラサラとノートに何かしらメモ等を残している様子だ。だけど私はわからない。K社のI氏が誰なのかもわからないし、そもそも減価償却という言葉の意味がよくわからない。どうしようどうしよう、と焦っていると、前の席の人に「うるさいですよ」と一喝されてしまい、申し訳ない気持ちとやっぱりわからない気持ちで息も絶え絶えになっていた。

しかし、その後の私の奮闘ぶりは凄まじかった。

中間レポート提出までは一週間しかなかった。私は、「減価償却に詳しそうかどうか」という条件のみで大学の友人たちをふるいにかけ、該当した友人を呼びだしワンコインでマクドナルドを奢《おご》り、減価償却についての説明を聞いた。そしてまるで作家のように頭を抱えながら文章を紡ぎ出し、中間レポートをどうにか作りあげた。友人も何とかレポートを書きあげたらしく、私たちは剣を手にした戦士のような表情で翌週の講義へ臨み、見事中間レポート提出に成功したのだ。

それでもわからない。回数を重ねるほど講義内容がわからなくなっていく。必死に話を聞いていてもどうにもならない。そこまで私の頭が馬鹿になったのか。

私たちは「わからないわからない」と唱えつつもどうにか混乱の時代を生き抜き、ついに講義の最終回を迎えた。ここで期末試験の内容が発表されるのだ。私は腹に力を込めて、試験内容とまっすぐに向き合おうという気持ちでこの最終講義に挑んだ。

しかしそれは無駄な挑戦だった。試験内容はどこからどう見てもわからなかったのだ。「何これー!」である。ナニコレ珍百景である。私は絶句していた。人生で初めての完全なる絶句だった。せっかくならもっと劇的な場面で初絶句をしてみたかったものだが、いかんせん「期末試験の内容がわからなさすぎて絶句」であるためなんとも情けない。

そして衝撃的なことに、友人は涙を流していた。わからなさすぎて、である。誠に残念な姿である。私はなんだか面白くなってきてしまい、「ふへへ」等と力無く笑っていると、また前の席の人から「うるさいですよ」と注意をされた。心はズタズタである。

笑い泣きのような顔をしたまま、FPの講義は終わった。圧倒的にわからない期末試験を胸の中に抱えたまま、私たちはスラム街でもさまようようにキャンパスを歩いた。会話はない。しかし、物語はこれで終わらなかったのである。

ある日電車に乗っていると、その友人から電話がかかってきた。もちろん電車内なので出ることができない。「今、電車だから」とメールを送ると、「大学着いたらすぐ○号館に来て!」と即座に返信が来た。何事だろう、やはりFP関係だろうかと思いながら、私は急いで大学に向かった。

言われた教室に着くと、FPを一緒に受けていた友人たちがそこに集っていた。私が「一体どうしたのん」とのんきに近寄っていくと、友人は真剣なまなざしで私に告げた。

「教室、ずっと間違えてた。あれオープン科目じゃない。普通の商学部の授業なんだって……」

私はその瞬間膝から崩れ落ちた。苦い思い出が走馬灯となり蘇《よみがえ》る。初回の授業。いつもの講義とは違う雰囲気に包まれていた、等と私は述べた。そらそうだ。商学部の授業なのだから。中間レポート。商学部の教授は、なぜか紛れ込んでいる文化構想学部生のとんちんかんなレポートをどんな気持ちで読んだのだろう。思い返せば思い返すほどおかしくて、私は立ち上がれなくなっていた。

商学部の皆さんは普段からあんなにも難しい講義を受けているのだ。脱帽である。声が出なくなるほど笑ったあと一瞬にしてむなしくなった私は、明日からしっかりと生きていこう、と強く誓ったのだった。

風雲

田舎者が都に振り回されながらも
必死に生き延びようとする成長譚。

モデル（ケース）体験

カラーモデルをする

東京に出てくる前、「カラーモデル」や「カットモデル」という言葉には甘美な夢が詰まっていた。えー、だってタダで切ってもらうんでしょー枯れ葉散る秋の表参道とかで声かけられるんでしょーそれって超カッコいいじゃーん♪　そもそも【モデル】って言葉ついてるじゃーんそれってつまりデルモじゃーん♪

しかしこのカラーモデル体験で私は現実を知った。声をかけられることは別にスカウトでもなんでもないのだ。カラーモデルもカットモデルも、田舎くさい中学生の私が想像していた【モデル】ではない。ただの【モデルケース】を略したものなのだ。こんな馬みたいな顔と衝撃的ともいえる座高で何がモデルだよハハン、とジャージを着てヘルメットをかぶりながらアンパン等を食べている朝井少年に言ってやりたい。

ある冬の日、私は原宿を歩いていた。ちなみに私はたとえ原宿を歩いていても大変田舎くさい。東京に来てもそういうものは拭《ぬぐ》えないのだ。竹下通りはよく声をかけられるスポットである。黒人の売り子、ニセモノ臭百パーセントの芸能事務所のスカウトマンなど。その日は例によってこう声をかけられた。

「すいません、カラーモデルやりませんか？」

私は急いでいたので、「大丈夫で～す」と口にハンカチを当てナンパを断る女子大生のように颯爽《さっそう》と茶髪の美容師さんをあしらった。別に「気に入ったから声をかける」というものではないにしろ、こういうときはなんとなくいい気持ちになって鼻の穴が大きくなる。

私はたっぷりと時間をかけて様々な買い物を終え、るんるんと駅へと戻っていった。荷物は重いが足取りは軽い。寒いから早く帰ってあったかいものでも食ーべよ！　と思っていると、また男の人が近づいてきた。

「すいません、カラーモデルやりませんか？」

ちらりと声の主のほうを見ると、短い茶髪。この人は買い物をする前にも声をかけてきた美容師さんではないか！

「いや、あの、大丈夫です～」（二回も声かけられるなんて……と、ちょっといい気分の私）

「いやいや、ぜひやってほしいんですけども」（私について歩いてくる美容師さん）

「今ちょっと急いでるので～」（しつこいなあ、とますます鼻の穴が膨《ふく》らんでくる私）

「いや、染めないとダメなんですよ、あなた！」

！

これは声をかけられているのではない！　ダメ出しだ！

私は街中でダメ出しをされていたのである。重大な勘違いに気がついた私は、はた、と足を止めてしまった。

「あなた、いつから染めてないんですか？」

「……今年の三月に染めて以来ずっとほってておいてました……」

「そりゃダメですよ、染め直しましょう」

混雑する冬の竹下通りで、この人の視界に二度も違和感を与えるほど、私はわけのわからない髪色をしていたのだ。これは反省しなければならない。

連絡先を教え店の地図をもらい、あれよあれよという間にモデルをする日が決まり、あっという間にその日がやってきた。カットモデルのときは大体無料だが、カラーの場合は材料費などを取られる場合がある、と聞いたことがある。しかしこの人はそこに関しては何も言わなかったので、わーいタダでカラーリングしてもらえるーとギリギリのポジティブ思考を発揮しながら私は薄い財布を持って店の扉を開けた。

そしてここから約一時間半、私はこの茶髪の美容師に振り回されることになる。

まずはシャンプーだ。茶髪さんに誘導されじゃかじゃかと髪を洗ってもらう。

「ワックスとかけっこう使ってますー？」

茶髪さんは割とフランクに話をするタイプみたいだ。私もそれにノる。

「そうですねー、猫っ毛なんで、持ち上げないとぺったんこになるんですよー」

「あーわかりますよートップにパーマとかあてないんですか？」

「前やってみたんですけど似合わなかったんですよーだからスプレーとか使ったり」

「それ絶対ハゲますよ」

ハイじゃあ流しますねー、と茶髪さんは何事もなかったようにお湯で泡を流し始めた。私はそのとき仰向けのまま店の天井の模様を能面のような表情で見つめていた。何か今すごく鋭利な一言をサラッと言われたような気がしたんだけど……気のせいだね、気のせい気のせい。

「あ、そういえばこのシャンプーすごいんですよ、なかなか」

ジャージャーと泡を流しながら、茶髪さんが陽気に言う。

「へ、へえー、効能がすごいってことですか？」（気を取り直す私）

「何がすごいのか当ててみてくださいよ～」

「……（めんどくせぇー！）なんか、髪がつやつやになるとか、カラーが長持ちするとかですかぁ？」

「違う違う。このシャンプーね……」

ここで、茶髪さんは若干私の耳元に寄った。そして言った。


「食べられるんだよ」


当たるかあ！

どこの誰が「このシャンプーのすごいところ当ててみ」「んーとね、食べられるところ！」っていう奇跡のキャッチボールができるんだ！　しかもいくら腹が減っててもシャンプーは食べませんよ私は……食べそうな顔してるとか思われてたのかな……。

実際には「すごーい」等と話を合わせていたのだが、シャンプーが終わった途端茶髪さんに「この色にしましょう！」と半ば強引に色を決められカラーリングに突入することになった。その間も茶髪さんは陽気だ。ガンガン話しかけてくる。

「最近なんかハマってることとかあるんすかー？」

「あーまあサークルでやってるダンスとかですかねー。そちらは何かあるんですか？」

（きっと自分にハマってることがあるからこの話題を振ってきたんだろうな、と察してナイスパスをする私）

「オレですかー？　オレはですねー」

ここで茶髪さんは私の真横に顔を持ってきた。鏡を見ると私の顔と茶髪さんの顔が二つ、並んでいる感じである。そして私の耳元で言った。

「……ハマっていることなんて、何もないんですよ」


怖い！

なんでこの人こういう一言を放つとき耳元に若干寄るんだろう!?　そうすることによって頭の中にこだまするんだよハマっていることなんて何もないんですよハマっていることなんて何もないんですよ……

やがて強引だったカラーも終わり私の印象も強引に変わり、「わああ似合う似合うー！」と雑な感想をぶっ放したところで、茶髪さんは私の髪にワックスを付け始めた。「ほんとに髪やわらかいねーハゲるねこれー」私がまた能面のような表情に戻りつつあるとき、茶髪さんは言った。

「ちょっとこのワックスてのひらに伸ばしてみ、すごいから」

私は言われるがままに自分のてのひらにワックスを伸ばした。

「これすごいんだよ、もっと伸ばして、ほら、な？」

茶髪さんはワックスのすごさをゴリ押ししてくるのだが、実際、てのひらに伸ばしてみても普通のワックスと変わらない。何がすごいんだろうか。髪の毛のキープ力？　いいにおいがする、とか？

何がすごいんですかあ、とマヌケ声を出す私に茶髪さんは言う。

「このワックスね」

ここで茶髪さんは私の耳元に寄った。

「食べられるんだよ」

やられた!!

これは正解を出せたはずだ！　くそ、応用問題だった！　ていうか食わねえよ！　いくら腹が減っててもシャンプーもワックスも食わねえよ！

心の中で嵐のようにツッコミながら、私は席を立った。「食べられるんですね……すごい」ため息を吐《つ》くようにしてそう言いながら、別の店員さんからカバンとダウンを受け取る。すると「そのダウン○○で買いました？」と茶髪さんに買った店まで当てられるという辱《はずかし》めを受けた。さらに、「先輩に見せるために写メ撮りますね」と言われ茶髪さんが携帯のカメラを向けてきたため、何となしにレンズを見ていたら、「あ、別にカメラ目線じゃなくていいっす」と軽くあしらわれるという辱めも受けた。必殺連続辱めの刑である。彼の携帯にはかなり俯《うつむ》き加減の私の画像が残されているはずだ。

でもタダだし良かった良かった良かった良かったこれで良かったこれで良かったこれで良かったんだ、と自分に言い聞かせていたところで、茶髪さんがにこりと笑ってこう告げた。

「それじゃあ二千円お願いします」

金取るのかよ！！！！

言われてない何も言われてない！　材料費がかかるなら声かけたときに言っとけえええええ！　私は言いたいことを全て飲み下し、「ありがとうございました」と笑顔で感謝の思いを告げ材料費を支払うという偉業を成し遂げた。そのあとすぐ「次はいつにしますか」と言われたが「(にこ)」と声もなく微笑んで颯爽と美容院を立ち去った。

全てに負けた感じがして悔しい。せっかくならばシャンプーもワックスも腹いっぱいになるまで食べてやればよかった。それにしても食べられるシャンプーとワックスって……すごいな。私は今でもあのシャンプーとワックスが若干気になっているのだが、あの茶髪さんに会うのが何だか怖くて詳細を確かめられずにいる。何よりハゲたくない。あのシャンプーとワックスを使えばハゲないですむのかなあと悶々とする日々である。

こうして私のカラーモデル体験は幕を閉じたのだが、お察しの通り、次は「カットモデルをする」の巻である。

カットモデルをする

引き続いて、モデル体験の話である。「モデル体験の話」なんて書くと、どこかTOKYO感が漂うのだが、本質的には妖怪馬顔猫背（＝私）にも遂行できる「モデルケース体験の話」であることを再三確認しておきたい。カラーモデルの話は大学二年生のときの話だが、今度は大学一年生の夏、私が十九歳のときの話である。

ちなみに、私はそのころ完全におのぼりさんであり調子に乗っていた。具体例を挙げよう。中二の時を思い出すと「ひゃっ」と顔を赤らめてしまうのは万国共通であるように思うが、私は大学一年生の時を思い出しても「ひゃっ」となる。将来ハゲるのを心待ちにしているとしか思えない柔らかい猫っ毛に、似合うはずもないパーマをあて、色は薄い顔が薄らバカに見えるような明るめの茶色。眉は細く、「昨日寝てないから逆に元気だよお」等と医学的に何の根拠もないことを吹聴して回っていた。今書いているだけで心臓をかきむしりたくなる。歩く恥部である。

そんな恥部は、友人の「カットモデル探してる人いるんだけど、どう？」という一言にガバッと飛び付いた。なんとも尻の軽い恥部である。恥部なら恥部なりに秘められておいてほしいものだ。

友人によると、モデルを探している美容師さんというのは、どうやらプロ試験を間近に控えたアマチュアの方であるらしい。もちろん料金はタダだ。アマチュアという言葉を聞いたとたん私は「へぇ～シロウトお？」といっちょまえに訝《いぶか》しげな表情をしたのだが、その友人がアカ抜けた髪形で「大丈夫だって」と胸を張っている姿には説得力があった。私は「まぁいいけどお」と急に上から目線になり、その美容師さんの連絡先をゲットした。

閉店後の美容院はなぜか若干オトナな雰囲気を醸《かも》し出しており、私はそれだけで少し緊張していた。しかし、友人から紹介された美容師さん（名前は仮に長谷川《はせがわ》さんとしておく）もかなり緊張した面持ちだ。

「実は、明日がそのプロになるための試験なんだよね……」

長谷川さんはそう言いながら私の髪を洗った。けっこう本気で緊張しているようだ。試験前日ということで、今日は先輩の美容師さんや店のボスからの最終チェックが行われるらしい。ということは私の頭がその最終チェックの対象になるのか。そう思うと、いずれずんずん後退していくであろう前髪のラインも尊いものに思えてきた。

いざカットを始めてもらうと、なるほど、全くプロの美容師さんと同じように感じる。長谷川さんはとても気さくで、カットをしながらの会話もとてもスムーズだ。しかし、長谷川さんがカットしている様子を観察している人が何人かおり、やはり試験前、空気はピリピリとしている。ストップウォッチを持った人、メモを取っている人もいる。

状況としては、わいわいと会話をしている私と長谷川さんの周りを、腕を組んでギラリと目を光らせている人たちが囲んでいるという感じだ。閉店後であるため、私以外の客がいるわけでもない。私はただのマネキン役であるのに、「もし自分のせいで合否が揺らいだら……！」と、途中からマネキン以上の役割を自負し始めた。やがて「この客との会話の盛り上がりレベルも採点項目の一つなのかも……！」と思いこみを加速させていった私は、「わあーすごいいー！」「へえぇ、そうなんですかあ⁉」等と舞台俳優のごときオーバーなリアクションを繰り広げ始めていた。まさに一人舞台である。会話の盛り上がりの項目はもらった、と確信した私はいつしか、「感謝しろよ長谷川」という気持ちになっていた。

全ての作業が終わると、長谷川さんは「チェックお願いします」とそれこそマネキンでも扱うかのようにサッと私を手放した。おそらく先輩さんたちであろう、ストップウォッチやメモを持っていた人々が近寄ってくる。最もよく私の頭を触り、細かくチェックしている年配の男性が、どうやらこの店のボスらしい。オーラが違う。

一分間くらい、ボスを含め誰も何も言わなかった。

「長谷川くんさあ」

ゆっくりとボスが語りだす。私も固唾《かたず》を呑んで状況を見守る。

「ちゃんとバランス考えて、カットした？」

バランスですか、と長谷川さんは小さく言った。なかなか張りつめた空気である。マイナスな空気をまとったボスの声に、私は、これは合格点ならずだったのかな、と思いながらボスの次の言葉を待った。

「……この子、顔のフォルムが長めでしょ」

！


合格点ならずだったのは、私の顔のフォルム!?

神経麻痺のような表情になっている私の隣で、長谷川さんは答えた。

「はい、考慮してカットしました」

考慮してたんだ！　けっこう盛り上がっていた会話の中で長谷川さんは「こいつ顔長えな」ってしっかり考慮していたんだ！　長谷川さんあんたプロ試験受かるよ……そんな冷静な目持ってんだったら何の試験でも受かるよ、あんたは……。

心を落ち着かせながらボスの手の動きに身を委《ゆだ》ねていると、ある瞬間ボスの指が止まった。

私も緊張せざるをえない。ボスは言った。

「この子さ、後頭部に欠損があるじゃんか」

けっそん！

けいおん！　みたいに表記してみたところで私のショックは和《やわ》らがなかった。あるじゃんか、ってアンタそんな！　長谷川さんも「そうですね」とかやめて！　欠損!?　何それハゲてんの？　日本語ってやさしいな〜ハゲも欠損っていえば何だかマイルドな症状っぽくなっていいもんね〜。

その後もボスは、「ここの長さがバラバラだよね」「ここはもっと残しておかないと変かな」等、これから数ヶ月間この髪形で街中を闊歩《かっぽ》する予定である私にとってあまり聞きたくない台詞をリズムよく発し続けた。

最終的にボスが最後の手直しをしてくれることになり、長谷川さんは「この人にタダで頭触ってもらえるなんて、ラッキーだよ！」と私に耳打ちしてきた。しかしボスの行った仕上げというのは当然ながら、長谷川さんがカットした髪をさらにカットするという手法であったため、思ったよりも私の頭はつんつくてんになった。ここは私のボキャブラリーが貧弱であったわけではないことを確認しておきたい。確かにこのとき私は「つんつくてん」としか言いようのない頭になったのである。

私は学んだ。プロ試験を翌日に控えた美容師さんのカットモデルを務めるということは、こういうことなのだ。しかし、何より会話の盛り上がり以前に長谷川さんの足を引っ張っている箇所が私自身にあったことは猛省しなければならない。もしかしたら長谷川さんは、私が店に現れたその瞬間「顔が長い」と裁きを下していたのかもしれないのだ。いや、しっかり者の長谷川さんのことだからそれくらいの迅速さで私の顔のフォルムに合った髪形を考えてくれていたに違いない。

少しして、長谷川さんからメールが来た。プロ試験に受かったという報せだった。これからはプロの美容師として髪をカットさせてね、という一文を見たとき、私はつんつくてんの頭でよかった長谷川よかったと頷いた。

誰かの夢のために、役に立てたんだ！　そう思えばこんな精神的ダメージ、なんてことないはずである！　ビバカットモデル！　ビバこの顔のフォルム！

カラーをしてくれた原宿の茶髪さんも、長谷川さんも元気だろうか。堂々と無趣味の茶髪さんも、長谷川さんのようにプロの美容師になれたのだろうか。私がモデルケースとなり二人の夢のためにちょっとでも役に立てたように、二人のエピソードはこのように私の原稿の種になっているのだ。なんともありがたいことである。

しかし「プロの美容師になったってことはこれからは金が発生するのか」と瞬時に察した私は、それ以来長谷川さんと一切連絡を取っていない。

母校奇襲

昔、私は「花粉症」にあこがれていた。小学生のころ、毎朝、順番に名前を呼ばれて返事をしていく点呼のようなものがあり、その返事の際、健康状態に問題がなければ、「はい元気です」、風邪気味ならば、「はい風邪気味です」など一言加えることになっていたのだが、そこでたまに炸裂する「はい花粉症です」という一言が、たまらなくかっこよく聞こえていたのだ。私の頭の中は一体どうなっていたのであろうか。本当に花粉症で悩んでいる人からしたらブチのめしたくなるような願望だろう。カフンショーって！　何それ!?　なんかト・ク・ベ・ツ☆と思っていた朝井少年は、顔を花のすぐ近くに寄せ花粉を吸いこむ等の努力を人知れず積み重ねていた。花粉症と同じカテゴリーとして、「視力の低下」と「過呼吸」がちょっとかっこよく見えていた時期もあった。完全に頭がどうかしている。

ちなみに中学生のころは、「地毛が茶色なんだよね」と言いたくて仕方がなかった。茶髪にしたかったわけではなく、「地毛が」という部分が大切だったのだ。塩素で髪の色が変わると聞けば、プールの授業のあとわざと髪の毛をあまり乾かさないでおいたり、レモン汁と日光で髪の毛は脱色されると聞けば、頭にレモン汁をぶっかけた状態でテニス部の練習に明け暮れていた時期もあった。後者のエピソードはさらっと書いてみたが、このまま流せないほどの偏差値の低さが窺《うかが》える。地毛が茶色ではなく地頭が悪いんですといった感じである。

高校生のころは、バレー部のメンバーであるKの一言で私の偏差値はまた低くなった。それは夏が近づいてきて、部活中にジャージを脱ぐことが多くなっていたころだった。

「なあリョウ」

Kはおもむろに手を交差してジャージの裾を握り、バッとそれを脱いだ。

「このジャージの脱ぎ方、かっこよくない……!?」

ただのバッテン脱ぎである。

かっこいい！　なにこれ！　セクシー！　とひとしきり盛り上がった私たちは、それからというもののジャージを脱ぐときはバッテン脱ぎを心がけるようになった。誰かタイムスリップして当時十七の私の頭をひっぱたいてあげてほしい。誰も我々がジャージを脱いでいる様子など見てやしないのだ。

このように、あのころは本気でかっこいいと思っていたことは、いまとなってはもうおかしかったりする。たとえば太い眉が流行《はや》っていたこと等も同じことなのかもしれない。けれど、そういうふうに、時代としてくくられるものではないほうが、断然いとしい。

なぜいきなり過去の恥部をさらけだしたのか、その理由は、母校訪問である。先週、私は二日間にわたって母校を訪問した。大学生になってから、高校の同級生と何度か遊びに行ったりはしていたが、ちゃんとした「訪問」という形で出身高校に行くのはもちろんはじめてである。出版社の方なども含め総勢九名の大人たちが校舎内をウロウロしているのである。高校生たちはさも不思議そうな目をしていた。そしてその何百という不思議そうな目を全身に浴び、私は倒れそうになった。

高校生って美しい!!

電車やファストフード店で何人組かの高校生を見るたびに私は胸を撃ち抜かれてはいたのだが、このように何百人という高校生で埋め尽くされている校舎というもののパワーは、想像していた何倍もの破壊力であった。校舎のどこを歩いていても、勝てる気がしない。何に、と思うかもしれないが、とにかく「勝てる気がしない」のである。

チャイムが鳴って、体育を終えた生徒たちが汗をふきながら教室に帰ってくる。女子も男子もみんな真っ黒だ。校舎は窓が大きいから、太陽の熱が丸ごと入ってくるのである。どこにいても日焼けするのだろう。「こんにちは」とあいさつをしてくれた男子生徒が、体操服の裾で自分の額の汗をぬぐっている。ちらりと見えた脂肪の全くない腹に女性編集者が萌えていて、ビールやつまみ等をたくわえた自分の腹を呪った。

体育はソフトボールとバスケ、音楽ではなんと沖縄の楽器である三線《さんしん》を演奏していた。英語の授業では恒例の、隣の席の人と英会話をし、終えたペアから座っていくという恥ずかしプレイが繰り広げられており、古典や数学の授業にはもう全くついていけなかった。それにしても、大人軍団を見つけるたびに新鮮な反応をしてくれる生徒たちは本当に素直だ。私が高校三年生のときに担任をしてくださっていた先生が現在も三年生を担当しているということで、初日はそのクラスにお邪魔することになった。へらへらと自由行動をしていた大人九人が、十五時になると四階にある三年三組前にぞろぞろと集合する。階段を何度も往復しただけで「つかれたねえ」と健闘を讃《たた》え合う大人たちの中にいると、やはり何にも勝てる気がしない。

最後の授業、ロングホームルームにおじゃまする。なんと私はそのロングホームルームで、十分ほど時間をいただき、生徒の前で何か話すことになっていた。これは奇襲前日に先生から直接メールで言われたもので、私は「げへへ、こんな別に何をしたわけでもない人間が教育の場でしゃべっていいんすかあ、だめですよお」といった返信でうまくごまかせたと思っていたのだが、教室に入ったとたん当然のように教壇に連行されてしまった。

ザッと、四十六人の生徒たちの目が私に集まる。私は大きく息を吸う。

話すことがない!!

正直、母校の後輩だし、よく知っている先生の生徒だし、その場の空気でどうにかなるだろうと思っていた部分があった。しかしこれはだめだ。「こんにちは、ここの卒業生です」と言ってみたところでその先が何も出てこない。卒業生だから何？　という幻聴さえ聞こえる。確かに自分が高校生の立場で、急にわけのわからない作家だか卒業生だかがホームルームに現れたら何コイツってなるよなあ……と思っていると、私は気が遠くなる思いがした。

結局何を話したのかよく覚えていない。「僕も受験生のとき○○先生が担任で」と興味を引くような滑り出しをしたかと思えば、「結局第一志望には落ちたんですけど」とその先生のもとで大学受験に挑む生徒たちの未来に暗雲を振りまいたりしてしまった。最終的には「君たちは何にでもなれるんだ」というようなアンビシャス的なことを言い放ち、そそくさと教壇を去った。死にたかった。

そのあとすぐ、夏休みの課題がびっしりと載ったプリントを配りだした先生が、夏休みは四百時間勉強しろおおお！　と吠え出したので、大人たちはそろそろと教室をあとにした。あの衝撃的な咆哮《ほうこう》で、私のすっからかんのスピーチなど生徒たちの頭からは吹き飛んだはずだ。心の底からそう願っている。

放課後になると雰囲気もゆるくなり、ほんとうにたくさんの生徒たちと話すことができた。私服の大学生というだけで珍しい存在なのだろう。私はいわゆるイメージ通りのかっこいいサインなどできないのだが、たくさん書かせていただいた。しかし、ただ縦書きで「朝井リョウ」と書くだけなので、サインというか記名といった方が正確だろう。単語帳を胸に抱えた生徒に「第一志望受かるって書いてください！」と言われる度に「俺は第一志望に落ちてるんだよ」と心の中でつぶやき疫病神のような気持ちになった。真っ黒に焼けたハンドボール部員にはカバンを差し出され、「ここにサインしてください！」と言われ、ここにサインしたらこれは朝井リョウのカバンみたいになるんだけどいいのかな、と思ったが、思いっきり記名させていただいた。夏の大会に負け、髪を伸ばそうか悩んでいる野球部員には「俺、眉毛がエロいって言われるんですよ」と謎のカミングアウトをされ、黄色のタンクトップでレディー・ガガを踊り狂う女子を結局まるまる二曲分凝視しつづけてしまった。超イケメン男子生徒からはほぼタメロで話しかけられ、尋常じゃなく嚙み倒す放送部の子たちと一緒に即席でインタビュー映像を撮った。この高校を受験する中学生に見せるようだ。また、かつてこの高校の体育祭で白団の団長を務めていたころの私をＤＶＤ映像で観たという現役応援団とふれあったときは「朝井さんのドアップは爆笑でした」と面と向かって言われ、頼まれたのでサインをすると「もっとかっこいいやつ書いてよ！」とサインの捏造《ねつぞう》を命じられた。私が四年前に考えた振り付けが今でもそのまま使われており、その振りを白団の女子と一緒に踊り、私は胸がいっぱいになった。今年の体育祭も絶対見に行くから、と全団の子たちに約束し、また別の教室へと移動する。

みんなほんっとにキラキラしているな、と思ってある教室をのぞいたら、なんだかキラキラしていなさそうな男子が七人ほどたむろしていた。間違っても私にサインの捏造を頼んでこなさそうな、少々引っ込み思案そうな男子の群れである。

「どうもこんにちは」と突っ込んでみる。話をまとめていそうな男子の机には一枚の紙が拡げられており、そこには「サトシ……　カスミ……　オーキド博士……」等と書かれていた。

「これ、何？」

当然の質問だが、私は訊きながら答えを予想していた。いまは七月半ば。この高校の学校祭は九月はじめ。

「僕たち、学校祭でポケモンの劇やろうと思ってるんです」

やっぱり……！

ポケモンの劇て！　とすかさず私は突っ込んだのだが、彼らは大真面目で配役を考え始めていた。なぜ彼らが、いわば花形でもある学校祭実行委員になったのか、そもそもポケモンの劇とは何なのか、疑問は募《つの》るばかりだ。

「ポケモンの劇って、ど、どんなの？」やっぱり友情だったり、オリジナルでサトシとカスミとの間に恋愛も入れてみたり？　と私は恐る恐る尋ねた。

「バトルシーンメインの劇です」

まさかの返事だった。

バトルシーンメインね……と口ごもる私を見て、彼らは淡々と続けた。

「進化も、ちゃんとやりたいんです」

それは無理だ。

一気に不安になった私は質問をたたみかける。「え、進化ってポケモンの進化？」「そうです」「それ大道具とかめっちゃ大変じゃない？」「……そうですよね」「誰がどのモンスターやるとか決めてんの？」「まだ決めてません。これから決めます」「それ本人の了承なしに決めていいの⁉」「こいつこのポケモンっぽいって決めるんで」「それいいの⁉」何より、この話し合いに男子しかいないことが気がかりである。学校祭とは男女の協力というものがひとつの試練として立ちはだかるものだからだ。

「女子はこの劇に協力してくれるって？」

「……たぶん」

ダメだ。

私はあきらめた。こいつこのポケモンっぽいって決められた女子に反感を買い、彼らは窮地に立たされるだろう。夏休みの練習で女子が集まっていない未来が容易に想像できる。

「……がんばってね」と精一杯のエールを送り、みんなの単語帳や下敷きにサインをし、彼らと別れた。何にもありがたいことなんてしていないのに、ありがとうございましたと笑う、本当にいい生徒たちだった。私は、いとしい気持ちが胸いっぱいに広がっていくのを感じた。

何がいとしいって、彼ら彼女らは、バッテン脱ぎの真っただ中にいるのだ。たとえそれがかっこよくなくても、これマジかっこいい！　と百パーセント信じられるような、そんな世界の中で生きているのだ。それがいとしい。それがうらやましい。先程から「勝てる気がしない」という表現を何回か使っているが、高校生のころは、負ける気がしなかった。誰もがそうだと思う。相手が何なのか、勝ち負けとは何なのか、そんなもの何もわかってはいなかったが、とにかく、高校生であったあのころは誰でも、何にも負ける気がしなかったはずだ。

きっとポケモンのバトルシーンメインの劇は女子の協力を得られず散々な結果に終わるだろうが、それでも負ける気がしていない彼らは、ほんとうにいとしい。もちろん、九月の学校祭には必ず行き、ポケモン劇がどうなったのかこの目で確認してくるつもりである。見事に進化を遂げていたら、誰よりも大きく拍手をする。

黒タイツおじさんとの遭遇

大学二年生の夏、私は麻布十番の某オフィスでアルバイトをしていた。

いま思ったら、なんで麻布十番なんかでバイトをしていたんだろう。単純に遠かった。往復一時間半くらいかかったのだ。オフィスバイトの割に給料もよかったがアパートからも大学からも遠かった。そろそろあなたの心にも、ただ「麻布十番」という言葉の響きに惹《ひ》かれたというマヌケな理由があぶりだしのように浮き出てきただろう。ほとんど正解である。

麻布十番はおしゃれな街だ。まず、歩いていると、外国の方と遭遇する確率が高い。顔が小さくて鼻が高くて……何もしていないのに土下座してしまいそうになる。駅の近くには有名なたい焼きやさんがあり、そこにはいつも行列ができていた。駅から少し歩いたところには鳩が集まるようなおしゃれな広場があり、私はバイトの時間までそこに腰かけて、木々のすきまからこぼれる陽だまりの中でライ麦パンを食べるのだ。もちろん左手にはヘッセの詩集が用意されている。

嘘である。私は麻布十番のマクドナルドの常連だった。しかし、ファストフード店であるからといって侮《あなど》ってはいけない。麻布十番はマクドナルドもおしゃれだ。マックなんて呼べない、おマックという感じである。おぼっちゃまおマックに行きますわよ、てなもんである。店内が、特に二階がひとつのオブジェのような造りになっており、デザイナーズ物件みたいなのだ。本当に麻布十番はぬかりない。

私は毎回、必殺「ケチャップもお願いします」を繰り出しポテトを二度楽しめるようにしながら、デザイナーズおマックで本を読むことが好きだった。午後二時からバイトならば、十二時にはデザイナーズおマックに着き、ランチがてら読書をするのだ。そのあとオフィスで働くなんて、まるでツイッターですごくフォロワーの多い大学生みたい！　と一瞬勘違いをしそうになる。

ありありと覚えているのだが、その日私は宮部みゆきさんの『火車』を読んでいた。ポテトが冷めるのもお構いなしといった感じで、ものすごい勢いでページをめくっていた。夢中だったのだ。

だから、隣のテーブルのおじさんがこちらをじっと見つめていることに、私はなかなか気づかなかった。

ふと顔をあげると、おじさんが完全にこちらを見ていた。体もこちらに向けているため、簡単には逃れられない感がひしひしと伝わってくる。私はできるだけ目を合わせないようにしながら、平静を装ってコカコーラ・ゼロをずずずと啜《すす》っていた。席を移動しようかと思ったが、こんなにも見つめられていてはそれもやりにくい。

その日のおマックの二階では、仕切られたスペース内で幼稚園児たちが誕生日パーティみたいなことを催《もよお》していた。楽しそうな子どもたちの笑い声をバックに、うつむく私におじさんが熱い視線を送っているのである。

堪えきれなくなって、私はちらりとおじさんのほうを見た。ハット帽が脱げないように使う黒いスカーフのようなものを頭に巻いており、高そうな、薄い生地のジャケットを着ている。浮浪者という感じでは全くない。ほ、と一息ついたところで、私は確認してしまった。

おじさんの下半身は黒タイツのみであるということを。

私はサッとまたうつむいた。ひええ〜、という心情である。話しかけないでくれえ〜、と思っていると、

「こんにちは」

とものすごく普通に話しかけられた。

私は、知らない人に話しかけられることが人よりも多い気がする。定食屋のおっちゃんから、パソコンでエッチなサイトばかり見ていたらウイルスに感染した、妻に知られる前にウイルス駆除をしたいんだがどうしたらいいか、と相談されたこともある。まあそういう運命

なんだな、と、私はこの状況を甘受することにした。

おじさんはこちらを見つめたまま話し続ける。

「マクドナルドで誕生日会なんて、珍しいですねえ」

珍しいのはあなたの黒タイツですねえ、とも言えずに、私は「はあ」とか「へえ」とか相槌を打った。こうなったら、私はもう断れない。やめてください、とか、冷たい対応ができないのだ。水晶の押し売りとかも一通り説明を聞いてしまうタチなのだ。またこういうのが始まってしまったとうんざりしていたら、こう言われた。

「君はいい目をしているね」

ちょっと……うれしい……。

私は、頬をポ、と赤くしてしまった。こうなったらもうこのおじさんにホの字である。このセリフの、「周りの人が気づいていないことを見てもらえた感」はなんだろう。このあたりで、周りの目線が私に対して「なあんだ、あの人おじさんの仲間かあ」というものに変化していく。違うんですすと主張しようとしても、もう遅い。

「ああやって仕切られた空間を一般にレンタルするっていうのはいいと思うんだけど、いくら子どもたちとはいえ、他人に迷惑になっているっていうのはいけないよね」

自分の中に眠る美学を急にむき出しにしてくるおじさん。

「許可を出すっていうことと引き換えに、何が起こるかってことを店側は考えないといけないよね。この場合、この場所を自由に使っていいという許可を出すかわりに、騒音というものを生み出している。そこまで責任が持てないなら、こういうことを許すべきではないよね。人の迷惑を考えないとねえ」

あなたがいま迷惑なんですけどねえ。

……と言うこともできず、私はへらへらするしかない。おじさんの声が割と大きいため、周りにいる客たちの目線がちくちくと痛い。女子高生などがこちらに目線を送ってはクスクス笑っている。見ている人たちは楽しいかもしれないが、私は全然楽しくない！　誰か助けて！ていうかこの人誰⁉　何で名乗らないの⁉　今更だけど何で下半身黒タイツなんだよ‼

おじさんは悶々としている私を「話を聞いてくれるタイプ」だと判断したのか、さらさらと紙ナプキンにペンを走らせた。

「これ、読める？」

そう言って目の前に広げられた紙には、こう書いてあった。

ＥＮＪＯＹ

いまこの状況で、この人は私に「エンジョイ♪」と言わせようとしている……！

私は逡巡《しゅんじゅん》した。たった何秒かだったたが、瞳は揺れに揺れていたと思う。さきほど「見ている人たちは楽しいかもしれないが、私は全然楽しくない！」と声高に宣言したかと思いきや、「エンジョイ♪」と言わなければならないなんて……！　屈辱的だ！　辱めだ！　こんなこと言ったら、周囲の人たちについにお仲間だと思われてしまう……！

と悩んだ結果、私は言った。

「エンジョイ♪」

言ったほうがきっと面白くなりますぜダンナ、という悪魔のささやきに私は勝てなかった。♪マークが目に見えるようなウキウキ感までオプションとして追加した。どうだい、と思っているとおじさんはカッと目を見開いた。

「違う!!」

違った!!

まさか自分が間違っているなんて思わなかったので、私はオロオロと動揺した。おじさんは目を見開いた勢いのまま咆哮する。

「これは、インジョイ！」

惜敗!!

「最近の英語教育はなってないんだ！　エンジョイっていうのは日本人の発音でしょ！」

麻布十番のデザイナーズおマックの二階は、突如不穏な空気に包まれた。少し首をすくめてエンジョイ♪　とほざいた一秒後に「違う！」と叱咤《しった》された私は、いつのまにかこの街で一番の弱者に成り下がっていた。もうどうしていいかわからない。でも、ごめんなさい、なんて言った途端、謎の主従関係が成り立ってしまう気がする。

「全く……」おじさんは不満そうに、またさらさらと何かを書きだした。

二問目……！

二問目がきてしまう！　助けて！　私はきょろきょろとしたが、周囲の客は皆おバーガーやおポテトやおコーラをお召しになりながらニヤニヤしておられる。この街の金持ちは誰も助けてはくれない。

「ハイ、じゃあこれは？」

おじさんはオロオロしている私にがっつり二問目を出題してきた。新しい紙ナプキンにはこう書かれている。

QUESTION

ちょっと難易度上がってる……。私は無意識に口を開こうとして、ハッと思い立った。

クエスチョンか、クエスションか、どっちだ⁉

私はもう怒鳴られたくなかった。おじさんを怒らせたくない一心で必死に考える。このひと普通に怖い。もうやだ。もうやだ。おじさんの怖さはもはや、ピラミッドとかモアイとかそういうものに漂う「理解不能な怖さ」であった。

散々迷った挙句、私は答えを選んだ。

「クエスチョン……？」

私は固く目を瞑《つむ》り、心の中で両手を合わせて祈った。きっと周囲の客の何人かもそうしていただろう。やがて、おじさんの声が聞こえてきた。


「まあ、それはそれでいいや」

煮え切らない‼


正解だったのかどうなのかいまいち不明である。でもきっと正解だったのだろう。おじさんはそこで英語のクイズをやめてしまった。

その後もおじさんは何やかやといろんな話をしてきた。しかしエンジョイとクエスチョンの衝撃が大きく、そのあたりの話はあまり覚えていない。ただ、おじさんのテーブルには新聞のようなものがずらりと置かれており、「自分は大切な研究をしているんだ」と言い張っていたのは覚えている。研究をしていたり、日本の英語教育に怒り心頭だったり、このおじさんはわりとインテリな感じである。再三確認しておくがおじさんの下半身は黒タイツである。黒タイツをのぞけば、服装もけっこうちゃんとしている。黒タイツがすべてを打ち砕いているのだ。

私は適当に相槌を打ちながらのらりくらりと話を交わしていた。あんな辱めを受けたにもかかわらず冷たくできなかったのは、話しかけられた当初に言われた「君はいい目をしているね」が春のはじまりを告げるつくしのように私の心の奥底で芽吹いていたからだ。突然きれいに言ってみたが典型的なダメ女のパターンである。たまにやさしくしてくれたことが忘れられずにDV男に殴られ続けるパターンである。

バイトの時間も近づいてきた。そろそろこのおじさんにも別れを告げなければならない。こうなると、少し名残惜しくなってくる。しかし、ちらりとおじさんのテーブルに広げられている新聞らしきものを見てみると、それは競馬新聞であることが確認された。「競馬の研究かよ！」と心の中でつっこんでやっと、私の中に沈殿していた名残惜しさが霧となって消えた。

最後までこのおじさん自分のことを名乗らなかったな、と思いながら、私は荷物をまとめて立ち上がる。「どうしたの？」「いや、用事があるので……」はじめからこういえば良かったんだバカバカあたしのバカ、と後悔しながら席を離れようとすると、おじさんがス、と名刺を差し出してきた。

やっと名乗る！　私はテンションが上がった。おじさんに声をかけられて一時間弱、やっとこのひと名乗るよ！

どうも、と頭を下げて名刺を受け取り、私は「インジョイ！」ばりにカッと目を見開いた。

それは、某有名テレビ局の会長さまの名刺だった。

ええええええええええええええええええええええええええ。私はとっさに息を止めることでその衝撃を殺した。意味が分からない。でも、確かに、こういう世界のトップにまで上り詰める人って、変な人が多いのかもしれない。情報のエッジに居続けた結果がこの斬新な黒タイツなのかもしれない。そう納得しかけたとき、おじさんが言った。

「この会長さんはね、すごく面白い人だよ」

お前は誰なんだよおおおおおおおおお!!

おじさんは目を見開いている私を前にして、スッとその名刺を自分の財布に戻した。それを受け取ろうとしていた私のてのひらだけが空中に残される。

「はあ、そうですか……」完全に脱力した私は猫背のままおマックを後にした。区切られたスペースの中でわあわあ騒ぐ幼稚園児たちを横目に見ながら、この子たちが他人に迷惑をかけるような大人になりませんように、と心から願ったのだった。

魅惑のコンセプトカフェ潜入

友達と「何萌えか」という話で盛り上がることはよくある。やがてその談義はエスカレートし、自分がカフェをやるなら何カフェをやるかというところにまで発展し、「放課後カフェは?」「マネージャーカフェはどうか」「それいいね」「客が部活を選べることにしよう」「けがの治療とかしてもらおう」と議論はふつふつと熱を帯びてゆき、最終的には「だけどこれじゃリピーターが得られないじゃないか!」「君に経営は任せられない!」等と仲違《なかたが》いをしたりする。ある男性編集者とこの話で盛り上がったときには、「一周回ってウェイトレス萌えがくる」という斬新な結論が出たりした。

その流れもあってか、なかなか不思議なカフェに行く機会があったのでその体験を書き記しておこうと思う。

1. メガネスーツカフェ

この絶対に合わさらないはずの三つの単語が見事に連結したカフェへの同行者は、このエッセイの担当編集者（女性）のみの予定だったのが、私が大学の友達に「メガネスーツカフェに行く」という話をすると「私すでに行ったことがありますけどそれが何か」という女子プロがいたのでその子にも同行してもらうことになった。メンバーは、私（男子大学生）、担当編集さん（二十代女性）、コンセプトカフェ界の女子プロ・Sちゃん（華の女子大生）の三人組である。行き先がどこであろうと、この時点でそわそわする。

私はもともとその店のことを知っていた。なぜなら、大学二年生のころ、そこでバイトをしようと本気で考えていたからである。はい、本を閉じないでいただきたい。本を閉じてもくだらない帯裏があなたを待ち受けているだけだ。バイトをするためその店のことを調べていた当時、店のコンセプトはどうやら「社員食堂」であるらしかった。店員は皆スーツ姿でメガネ着用。店は架空のオフィスの社員食堂。客は、入店時に店員との関係を選べる。例えば同僚だったり後輩だったり先輩だったり、だ。客が選んだ立場によって接客態度が変わるのだという。タメ口だったり上からだったり敬語だったり。私はひそかに「ライバル会社の社員、でいこう」と心に決めていたのだが、一年も経つとそのあたりの設定がなくなってしまっていたらしい。私はそこを期待していたので若干のがっかり感があったのだが、隣では女子プロのSちゃんが「前は自分の社員証とか作ったのに」と一つ上の次元で肩を落としていた。

かくして、店員がただスーツ姿かつメガネ着用で労働に勤しんでいるというカフェだったのだが、サービス精神は旺盛だった。学生っぽさの残る黒髪の爽やかボーイが私たちのテーブルの担当になり、料理を運んだり飲みものを作ったりしながら会話をしてくれる。この時点で私がこのバイトをするのは不可能だったということが判明した。何だこのコミュニケーション能力。化けものたちの集いである。こなれた会話の中に出てきた「学生さんですか？」という問いかけに編集さんは間髪いれずに頷《うなず》いていた。Sちゃんは女子プロ要員のくせにいかんなく人見知りを発揮していた。

私はけっこう構えていたのだが、意外と普通だなぁとくつろぎ始めた。カルボナーラも濃厚だし、会話も楽しいし、飲みものもおいしい。他の客も店員さんとの会話を楽しんでいる。そのうち、私はあるものに気がついた。カウンターの近くにチロルチョコ等が置かれているテーブルがあり、そこには大きめのアルバムもある。

「あれ見てもいいですか？」

と訊くと、爽やかボーイは、いいですよ、と笑顔で応えてくれた。何回か来たら客が店員と写真とか撮れるのかな、と思いつつ私は何の心構えもなくアルバムを開いた。

それは店員さんたちの本気のグラビアだった。

私は「わっ」という一言のみで衝撃を受け止めるという偉業を達成した。ますますこの店のコンセプトが分からなくなってくる。編集さんも女子プロもアルバムには「おお」と驚いた。目を凝らすと、そばに置いてあったチロルチョコのパッケージも店員さんたちの顔であることが発覚した。なかなかの手の込みようである。私は近くにいた爽やかボーイに訊いた。

「こ、このアルバムにあなたの写真もあるんですか？」

「僕はまだ撮ってないんですよ（笑顔）」

「そうですか……（パタンと閉じる）」

自分から訊いたくせに一ミリも話を広げることができなかった。くっそう、である。

会計を済ます際、爽やかボーイが私たち三人分のポイントカードを作ってくれるというのでお願いした。

「ポイントカードにイラストを描きますよ。何でも言ってください！」

爽やかボーイは白い歯を覗かせてそう言った。女子プロが「じゃあ猫で」等と全くプロを感じさせない返答を炸裂させていたので、私は彼女を指さして言った。

「この子の似顔絵を描いてください」

ええ〜と照れる女子プロを前に、爽やかボーイは「わかりました！」とやる気を出してくれた。ありがとう、それでこそメガネスーツだ。心の中で彼を讃《たた》え、私たちは似顔絵ができるのを待った。変な沈黙だった。

「できました！」

パッと爽やかボーイが爽やか笑顔で見せてきたポイントカードには、巨匠の印象画のようなたいへん抽象的な作品があった。「わっ」と私はまたその一言で衝撃を受け止めることに成功し、なんとなく腑《ふ》に落ちないような気持ちを抱いたままメガネスーツカフェを後にした。ものすごく構えていたのに何だか肩すかしを喰らったような気持ちだ。ライバル会社の社員としていろいろ楽しもうと思ったのに……結局、おいしいランチを食べ、爽やかな巨匠から印象画を頂いただけだ。

私たち三人は「おいしかったね」「意外と普通だったね」と言いながら、次の店へと移動した。なんと贅沢な日だろうか。この日、私たちはコンセプトカフェを梯子《はしご》したのである。次は、平日でも予約で満席だった執事喫茶だ。

2. 巫女カフェ

ここで少しブレイクしよう。ここ巫女カフェには高校時代の男友達三人で行った。その日は大変暑く、「氷」という文字に導かれるようにして入ったその店が「巫女カフェ」であった。

店に入ると、そこには上半身が白、下半身が赤の袴《はかま》という「いかにも巫女」という格好をした女性がおり、壁にはたくさんの絵馬が飾られていた。おお、棒に白い紙がついたようなものもあり、なんとなく神社っぽい雰囲気は出ている。

そしてその巫女さんは猫耳を装着していた。

徹底された世界観の不統一に私たちは閉口した。破魔矢《はまや》などの「ぽい」サービスも一切なかった。「本物の巫女さんってパンツはかないんだって」「へー」等と低俗な会話を繰り広げながら抹茶のかき氷を食べて終わった。ただそれだけの話である。

3. 執事喫茶

編集さん、女子プロのSちゃん、私の三人で二軒目に向かう。このとき、私たちは油断していた。メガネスーツというものすごい冠を掲げていた店が印象画展のようなところだったのだ、きっともう怖いものはない、と。

しかしそこから歩いて移動できるところに「怖いもの」はあった。街中に突如レンガ風の壁が現れ、地下へ続く階段を下りるとそこにいきなり執事がいた。そこから別世界のスタートである。おっ、と若干おののいていると、いらっしゃいませと頭を下げられたあとにものすごく普通のテンションでこう訊かれた。

「おぼっちゃまと旦那様、どうお呼びいたしましょうか?」

お、おぼっちゃまのほうが面白い! 一瞬でそう判断したのだが、私はこう口走っていた。

「だ、旦那様でお願いします……」

二十一歳という自意識が総動員された瞬間だった。「おぼっちゃまの方が面白いのに……」と後ろで女子プロが呟《つぶや》き、そうだよなぁ……と私も思ったが、そこでおぼっちゃまを選ぶ勇気はなかった。二択とはいえ自分の呼び名を自ら「おぼっちゃまで！」とリクエストするというのはなかなか勇敢な行動である。

この執事喫茶は、店員が皆執事という設定であるため、店自体も豪邸という設定なのだ。自分たちはその豪邸のお嬢様、おぼっちゃま、旦那様になれるということである。入店の際いきなり「あなたはこの家に帰ってきたんだよ」という事実を突き付けられるので、そのあたりから私たちは物分かりのよさを最大限に発揮させなければならない。この店、いや邸宅は海外の富豪という設定であるらしく、分かりやすく言うと「ステュアート家」といった感じである。私はステュアート家の御曹司《おんぞうし》なのだ。荷物だって執事が持ってくれる。だって私はこの富豪一家の御曹司なのだから！　猫背もピンと伸びるてなもんである。

昨今話題になっているメイド喫茶などは、若い女の子がそのコスチュームを着る、ということにスポットが当たっているように思えるが、執事喫茶は違う。五十歳近い貫禄のある白ひげのおじさんが本気で執事の格好をしているのである。ちょっとセバスチャンよマカロンをひとつ、とでも呼びかけてしまいそうだ。一瞬で別世界を創りだしてしまうプロ意識に感服である。しかしセバスチャンはどぎまぎしている私たち三人を前にあっさりとこう名乗った。

「旦那様、お嬢様、お帰りなさいませ。私は芥川《あくたがわ》と申します」

どうして！

こんなに完璧に創り上げられた海外セレブな空気の中で、どうしてあなたは芥川なの？と半ばジュリエットのような気持ちになりながら、私たち三人はアフタヌーンティーセットらしきものを頼んだ。ちゃっかりとしたお値段であった。

それにしても、店、いや家の内装がとにかく豪華だ。ここまでこだわるか、というまでの装飾の数々である。素晴らしい。中世のダンスパーティ会場のような開けた贅沢なフロアに、美しく飾られたテーブルがいくつも置かれ、天井にはきらびやかに輝く大きなシャンデリア、壁のガラス棚にはピカピカ光る高級な食器類が並べられている。大きな暖炉があり、料理は鏡台のようなものでカタカタと運ばれてくる。こんな場所で「旦那様」等と呼ばれ丁寧にもてなされていると、どんどん「あれ、俺って馬主だったっけ？」という気持ちになってくる。しかし自分の着ているユニクロのシャツの肌ざわりで「違う違う違う」と馬主でないことを再確認させられる。私は馬主ではない、馬顔だ。

何十種類とある紅茶、ふわふわのスコーンとそれにつけるクリーム、キッシュ、やわらかいババロアのようなもの等が続々と出てくる。私は「キッシュ」というものが何か分からず、その味を知るという執事喫茶以前の低レベルな経験を人知れず積み重ねていた。

この家では、旦那様もお嬢様も何もしなくてもいいのだ。身の回りのことは全て執事がやってくれる。確かめていないがきっとおぼっちゃまもそのはずだ。「どのプレートから召し上がりますか？」と執事が訊いてくれ、こちらが指名したプレートを用意してくれ、ティーカップに紅茶を注いでくれ、「ご自分の家なのでもっとおくつろぎください」と微笑まれ、「そ、そうですね」とロクな返しもできないでいるうちに穏やかに時間は過ぎていった。そのあいだ、隣のテーブルにやってきたドレッシーな四人組が見事にこのフロアにマッチしているのを見て「ツウはこうして楽しむのか！」と衝撃を受けたりもした。

私はキャラメル風味の紅茶を頼んでいたのだが、それがやけにおいしく、「紅茶おいしいですねえ」等と普通なことを言いながら何気なく自分でカップにお代わりを注いでいた。すると遠くの方から芥川ではない若手の執事がスーと近づいてくるのが見えた。

「すみません、お手を煩《わずら》わせてしまって！」

わー！　この気遣いが煩わしいー！

「い、いえ、大丈夫です……すみません（なぜか謝ってしまう私）」

「私が入れますので、次からはお呼びください」

「……すみません（なぜか謝ってしまう私）」

私はそれからその一杯の紅茶を大切に飲んだ。もうお代わりをしないようにである。トイレに行くときも、執事はそれとなく客の尿意等を悟ってトイレの前までついてきてくれる。傍《はた》から見ていると、おやまあおやまあ、という感じである。しかし私のおトイレ事情に関しては以前も書いたとおりかなり敏感なところがあるので、私はガタッと立ち上がってさっさと一人でトイレに行った。私のスコールのような便意には執事も準備できまい。私でさえ準備できないのだから。

ちなみに私たち三人の中で最初にトイレに行ったのは編集さんだったのだが、尿意から解放されたスッキリ感からか、私とSちゃんに「トイレがすごく庶民的だった」という衝撃の事実を投げつけてきた。「え……」となっている私たちに、更に編集さんは「トイレの清掃のおばちゃんに会った」と続けた。これはもう「おばちゃんに遭った」という表記でも差し支えない事態だ。芥川ちょっと来なさい、という感じである。

この店、いや家は時間制であるため私たちは九十分間この空間をたっぷりと楽しんで席を立った。描写の中に編集さんも女子プロもあまり登場しなかったのだが、それはお察しの通り私たち三人が借りてきた猫状態だったからだ。「芥川さん、あんなふうだけど実際の生活どんなんなんだろ」「独身とか……?」「部屋めっちゃ汚いみたいなね……」小声でぼそぼそと会話をするくらいで、面白いことなど何もできなかった。いっそのことカツーンと音をたてて銀スプーンを落とし、パンパンと顔の横で手を二回叩き、「セバスチャン、スプーン」と、いもしないセバスチャンを顎《あご》で指すくらいのことをすればよかった。

地下にあった時間制の家を出るとそこには湿気むんむんの都会の街並みがあり、そこでやっと大きく息を吸うことができた。私はステュアート家の末裔《まつえい》でもなんでもない、ただの外反母趾《がいはんぼし》気味の馬顔だ、ということを再確認させられる。

どこかパワーを吸い取られたような気になった私たちはふらふらと解散したのだが、私はそのあと原稿を書くためにとあるコーヒーショップに入った。レジで注文をし、受け取り口でアイスティーを待つ。ぽん、と置かれたカップを見て私はふと思った。

これ、自分で持っていくの？

店から離れてみてやっと、コンセプトカフェがこんなにも流行している理由が分かった。そこには、一度経験しただけで全身に染みこんでしまうような独特の中毒性があるのだ。スチュアート家の中にいる間、芥川さんの普段の食生活を類推するほど冷静でいた私でも、まだあの世界観から抜けられていなかった。あの空間はすごい。あのアイディアには脱帽する。

それから原稿を書いている間も、そのコーヒーショップのバイト同士が気軽に会話しているのを見て、「世界観が壊れるからダメ！」と思いキッと睨んでしまった。後から裏で芥川さんに怒られるよ！　と思ったが、もうここに芥川さんはいない。ああ、芥川さんがいれば原稿も書いてくれるのかなぁ、とくだらないことを思いながら、私は店で一番安いアイスティーを飲みつつ現実世界に戻っていくのだった。

島への旅

【御蔵島《みくらじま》ジャパン選出】

事の発端は「浴衣《ゆかた》で花火を見たい」だった。

私は花火大会が好きだ。手持ち花火ももちろん好きだけれど、河原にうじゃうじゃと人が並んでいて、みんなで同じ夜空を見上げているあの空間が好きだ。故郷に住んでいたころは、ひどく交通の便が悪く、会場である長良川《ながらがわ》の河原に辿り着くまでも一苦労だった。当時、岐阜駅という県の名前を冠した駅はとても遠くに感じられたものだ。しかも駅から会場まではまたバスに乗らなければならなかったし、さらにバス停からも少し歩かなければならなかったような気がする。もちろん電車もバスも満員ぎゅうぎゅうづめだ。待ち合わせ場所でお互いの姿をなかなか見つけられなかったり、いざ見つけてみたら女子は浴衣を着ていてハッとしたり。バスに乗るのがめんどうくさくて「前の人についていったら駅に着くかも」とストーカーを始めた結果、その人の自宅に着いてしまったこともあった。そんな帰り道、Tシャツ一枚の男子たちは汗だくになり、浴衣姿の女子たちはひどく疲れるのだ。なまぬるい風、かき氷のシロップにべたべたになったてのひら、何回も確認する財布の中の自転車の鍵、サンダルの足の裏に入り込む小石の痛み。ぜんぶぜんぶ含めて、好きなのだ。好きなのだ！ああ、テンションが上がってしまった。とにかく、花火にまつわるエトセトラすべてが好きなのである。

というわけで、二〇一一年の夏も、花火大会に行く気はまんまんだった。しかし、みなさんもご存じのとおり、様々な花火大会が中止、または延期となった。友人たちと毎年行っている花火も、十月以降に延期になってしまった。これではいけない！　と焦った私は、友人たちとカラオケボックスにこもり、ももいろクローバーを振りつきで歌いながら、「東京都の花火大会一覧」的なサイトでひとつひとつ日程を確認していく作業に没頭した。

大会の名称をクリックすると、まずその会場へのアクセスが表示される。葛飾区花火大会、柴又駅より徒歩十分。「あーなんかちょっと遠いベー」日程が合わなかったり何だかんだで、なかなか決まらない。そんな流れで画面をスクロールしていくと、見覚えのない花火大会の名称が現れた。

御蔵島花火大会

お？　と私たちの目が留まる。これ聞いたことなくない？　日程も、奇跡的にメンバーみんなが空いている日である。ウキウキしながらクリックすると、会場へのアクセスがバーンと表示された。

竹芝桟橋よりフェリーで八時間

柴又駅より徒歩十分、で「なんかちょっと遠い」と若干心折れていた私たちは「これはない」と御蔵島花火大会を断罪した。東京都内の花火大会一覧を見ているというのに、何だこの仕打ちは。と見た瞬間は思ったのだが、はたと我に返り、落ち着いて考えてみる。よくデータを見てみると、去年の観客は五百人ほどだったという。フェリーでの旅、小さな島、浴衣で花火、学生最後の夏休み……。

いつのまにか私たちはフェリーの予約をしていた。イルカと泳げるドルフィンスイミング、花火大会、登山、夏のレジャーがぎゅうぎゅうにつまった島への旅、決定である。夏休みの大学生は、時間も体力もありあまるほどに持ち合わせているのだ。友人の中でも特に「後先を考えずに行動する」という基準で選出した代表五名が「行くに決まってますが何か」と即答したことが何より素晴らしい。御蔵島ジャパン結成である。

かくして私たちは、浴衣姿で花火を見たい、という欲望のまま舵《かじ》を取った結果、三泊四日、島への旅を決行することになった。このときまでは、ドルフィンスイミング、花火大会、島での登山、そのすべてが実行されるものと思っていた。メンバー全員、そう信じていた。

【出航】

フェリー乗り場に二十一時集合ということで、夕方、荷物をまとめ終えた私はとろとろとテレビを見ていた。パンパンのスーツケースは水着やら浴衣やらサンダルやらで、夏のパンドラの箱みたいになっていた。船の中で一夜を過ごすというのも、まるで「俺はひとりで行動させてもらう！」と背を向けた人が密室で殺されるミステリーみたいでドキドキする。

と、ここでテレビの画面が天気予報に切り替わった。御蔵島は伊豆七島の中でもかなり東京から離れた位置にあるため、このように全国の天気を予想されたところで何の参考にもならない。そんなこと調査済みだよワトソン君、と私はひとりテレビに向かってほくそ笑む。ホームズである私はネットで御蔵島ピンポイントの天気を毎日毎日チェックしていたのだ。そこでは私たちの滞在期間は曇り時々晴れ程度の予報になっており、しめしめといった感じであった。

御蔵島はそもそも宿泊場所が決まっていないと入島できないらしい。人口もとても少なく、そのため食べる店が充実しているわけでもないとのことだ。何の準備もせず来るようなところじゃないよ、といった感じがうかがえる。天候の変化もなかなか激しい。ドルフィンスイミングも場合によっては中止、花火大会も雨なら翌日に延期、というか、帰りの船が出ないこともよくあるという。でも船が出ないということは新たな客が来ないということなので、数少ない宿泊場所にも無条件で延泊できるらしい。それはそれで幸せだなあなんて思っていると、アナウンサーの美しい声が聞こえてきた。

「台風がもう一つ生まれそうですねえ。そうなると、九号、十号、十一号と三つ並びますね」

ホームズも気づかないうちに、太平洋では台風くんたちのビンゴゲームが行われていたようだ。リーチになりウキウキした台風十一号くんがいまにも「ビンゴ！」と叫び立ち上がりそうである。待ちなさい。ちょっと待ちなさいね君たち。

その日の御蔵島への船は、「条件付き出航」となっていた。場合によっては島に接岸できず、そのまま東京に戻ってきますよ、という意味である。船は三宅島《みやけじま》、御蔵島を経て八丈島《はちじょうじま》まで行くので、その場合、二十三時間のクルーズを経て何事もなかったかのように東京に戻ってくることになる。失われた十年ならぬ失われた一日だ。「長期に亘って停滞に襲われた」という意味では、失われた十年に酷似しているといえよう。

しかし御蔵島へ出航する船のうち、九十五パーセントは「条件付き出航」であるという。さらにネット上では、「船長がやけにがんばってくれて、無理そうなときでもギリギリまで粘ってどうにか接岸してくれるから大丈夫！」という心強い意見も見られた。それが二〇〇四年に更新された情報だということには目を瞑ることとする。

竹芝で落ち合い、コンビニで大量の食材を買い込んだ私たち御蔵島ジャパン五名は、船に乗り込んだ瞬間荷物を投げ捨てデッキに飛び出した。

デッキで散々暴れてからは寝床に戻り、菓子を囲んであしたの計画を確認した。といっても楽しみだね楽しみだね楽しみだねとしか言っていなかった気がする。ひどく単細胞なのである。タコスチップスを食べながら「指にタコスの匂い付くコレー！」「明日右手タコスくさいんだろうなー！」等とその瞬間世界で一番どうでもいい会話をしていた。島には朝着く予定であるため、私たちは早めに眠ることにする。このとき私たちは条件付き出航であることに何の不安も抱いていなかった。「大丈夫でしょ」「てか俺らが行くんだから大丈夫でしょ」代表五名の自負は生半可なものではなかった。代表に選出された私たちが御蔵島に行かなくてどうする、くらいの気持ちであった。

たとえ天候が悪くても、船長がギリギリまで粘ってくれるというのも素敵ではないか。島の付近まで来て、荒れる波の中、船長が必死に舵を握ってくれる。そのうしろで、私たちは手を握り合い、頑張れ！　お願い！　頑張れー！　と叫ぶのだ。船長と波と私たちがひとつになるのだ。かっこいい。青春ではないか。

船からは朝焼けが見えるとのことで、私たちは、午前四時半くらいに起きてデッキに出ることを約束した。四時半ごろにはちょうど三宅島に着くらしく、三宅島で降りる人たちのために放送がかかるという。その放送で起きられるよねー、と、私たちは安心して眠りに就いた。

　とろとろと寝たり起きたりを繰り返したところで、バーンと放送がかかった。私は飛び起きる。

「ただいま、三宅島付近に到着いたしました。三宅島には予定通り着岸いたします。三宅島で下船される方はご準備をお願いいたします……」

　腕時計を見ると、まさに午前四時半。朝焼けには間に合いそうだ。他の代表たちももそもそと起きだす。三宅島で下船する人達はもう荷物をまとめているようだ。

　ところで、この放送をしたのは噂の船長だろうか。私たちのために荒れる海原を切り裂いてくれるという船長だろうか。そう思って声を聞くと、なかなか男気にあふれている声色だ。きっと、白い帽子をがっちりかぶり、たくましく焼けた顔には立派な髭《ひげ》を蓄えているのだr
「なお、御蔵島への接岸ですが、現時点で難しいと判断されたため、御蔵島には寄らずに八丈島経由で東京に戻ります」

　今なんつった？

「東京帰るって」「……へえ」「接岸できないとかじゃなくて、島寄らないって」「……ふふっ」「寄らないんだって！」「ぎゃはははは！」島に寄りもしないって！　わーい！　ウケるー！

私たちは百円で借りた毛布の上に崩れ落ちた。誰ももう朝焼けを見にデッキに出ようなんて言わなかった。ギリギリまで粘ってくれるとうわさのイケメン船長は二〇〇四年から現在までにどこの船に転属になったのだろうか。ステキステキ、これからまた半日ずっと船の上でうずくまっているなんてステキ……。

「あ」

ひとりが、ふと何かに気付いたように声を漏らした。私は、少し何かを期待しながら、どした、と訊く。

「……右手からタコスの匂いする」

おやすみ、と言い残して私はすぐに寝た。

【再出発】

私たちは結局、二十三時間かけて、誰からも祝われることのない奇跡の生還を果たした。島への波の影響は、私たちが思っていたよりも相当大きなものらしい。A助曰く、予約していた島の民宿の主人からも「やめといたら？」的な電話が来ていたという。しかし私たちはそれを無視した。なぜなら、ウキウキしていたからである。理由はそれに尽きる。ツイッターで「御蔵島」と検索してみると、「今回はやめておきます」等と賢明な判断を下している人が多くいた。これまで多くいた乗客も三宅島でほぼ降りており、船内はガラガラであった。御蔵島に行く予定だった客は、ほとんど前日にキャンセルしていたのだ。太平洋で行われている台風ビンゴ大会を目の当たりにして意気揚々と船に乗り込んだバカ代表が私たちであった。

しかし私たちはあきらめなかった。竹芝桟橋に戻ってきたのが四日の午後八時、その三時間後の午後十一時には、翌朝五時着の大島行の船が出航する。大島行は条件付き出航ではなく、まぎれもない「出航」である。

私たちは三時間後の出航までに体力を取り戻そうと、大荷物を抱えたまま二十分ほど歩いて芝公園のジョナサンまで行った。匂いの残るタコスを筆頭にジャンキーなものばかり食べて寝てばかりいたため、体がおかしくなりそうだったのだ。私たちはサラダ等を一瞬で平らげ、偶然レジで後ろに並んでいたタクシーの運転手をつかまえた。道中「船が島に着けなくて大変でしたよお」とその運転手に話しかけてみるものの何故か完全に無視されるというハプニングに見舞われながらも、私たちはまたも船に乗り込んだ。この時点で船のチケットも島の民宿も空いていたというところが奇跡的である。

桟橋にドンと大型船が構えていて、私たちはいきなりうんざりした。いまふたたびの桟橋へ、である。もう二十三時間も乗ったのだ。デッキで散々騒ぎ写真を撮り踊り菓子を食べジュースを飲みカップラーメンを平らげ泥のように眠ったのだ。もう船を見たくらいで私たち代表のモチベーションは上がらない。

朝になり大島に着くころには、合計でもう三十時間も船に乗っていたため、私はくたくただった。「こうやって考えると電波少年はすごかった」と、もう若い世代には伝わらない共通認識を掲げながら荷物をまとめ、私はトイレに向かった。

その船の個室トイレはもちろん壁で区切られていたのだが、学校や駅のトイレしかり、床まで完全に区切られているわけではなく、頭上と足元の部分は隣のスペースとつながっていた。

個室に入り私はホッと息を吐く。やっと念願の島に着いた。もう変なハプニングなんて起きなければいいな。心の底からそう思い、ふと、視線を自らの足元へと向けた。

そこには黒々とした人の髪の毛があった。

私の肛門は未だかつてない動きをした。排便どころではない。五行前に戻っていただきたい。「もう変なハプニングなんて起きなければいいな」そう思い臀部《でんぶ》を露出させたその瞬間、足元に、隣の個室の床に転がっているであろう人の頭を見つけたのである。

いや、でも！　私は心を落ち着かせる。隣の個室が用具入れで、これはホウキなのかもしれない！　昔懐かしい黒いホウキなのかもしれない！　私はそう願って、ゆっくりと黒い塊《かたまり》に手を伸ばす。頭じゃない、これは頭じゃない、きっと触るとホウキ特有のバッシバシした固い感触なんだきっとそうなんだ……

ふぁっさあ〜

それはまぎれもない猫っ毛であった。
ぎゃああああ！　と立ち上がった私はバンバンと壁を叩いた。反応はない。ぎゃああああと個室を飛び出すと、そこには私の荷物を抱えた友人が待っていた。すでに船は大島に到着していた。こんな到着とはひどい。私の排便にかかる時間の長さを指摘してくる友人に謝罪しつつ、そのへんにいた添乗員さんをひっつかみトイレへ戻った。結果、お酒に酔った男性客が個室で寝こけていただけだった。私のパニックを返せ、とぐったりし、猫っ毛へのシンパシーをほのかに抱いた状態で、私たちはついに島に上陸した。

【大島到着】

島はとにかく楽しかった。
海に入りまくり波に呑まれまくりボディボードで乳首を擦りまくり温泉に入りまくりおい

しいものを食べまくった。このあたりを書いてもなんにもおもしろくないので、中でも印象的だった出来事のみを綴っておこうと思う。ちなみに、代表メンバーの女子の中には、ともに過ごした三日間で一度も便通がなかった者がいた。快便家（過激派）として活動している私としては開いた口が塞《ふさ》がらない。

とにもかくにも、島への旅で最も印象に残ったこと、それは「祭り」だった。

私たちが島に到着したその日の夜、港の近くで盆踊りの祭りが行われた。岐阜県出身の私は「田舎の祭り」に免疫があるつもりでいたのだが、この盆踊りの祭りは、私にとって衝撃的だった。

それは、この島でこれまで生きてきた大人たち、これから生きていく少年少女、そのふたつの命の波がぶつかりあってできる盆踊りだった。

会場の真ん中には大きなやぐらがあり、その上では二十代前半の若い衆が踊っていた。この島で育ち、この祭りを運営する年齢になった青年たちだ。そしてそのやぐらの周りを、坊主頭でTシャツに短パン姿の男子中学生や、恥ずかしそうに前髪を気にする女子中学生が取りかこんで踊っている。アディダスのTシャツを着た汗だくの男子が、もっと輪に入れよ、と、女子を誘っている。女子も、クラスメイトの前で踊ることを恥ずかしがってはいるものの、何通りもある踊りをしっかりと踊ることができている。

やぐらの上、下、関係なく、みんながすべての踊りを知っている。音楽がかかれば、体が勝手に動き出している。この島の人々が受け継いできたもの、いま島を支えている若い青年たちがかつてこの島で送った青春、サイズの大きなTシャツを着た少年少女たちがこれからこの島で送る青春、その波がぶつかりあうところで、大声を上げながら、汗をかきながら、この島の踊りが生まれている。

私たちはすかさず盆踊りの輪に参加した。

やぐらの周りを囲んでいるサンダルの少年たちがやがて、いまやぐらの上で踊るたくましい青年に、この祭りを運営し島を支えていく男たちになるのだ。そして、いま大きく踊ることを恥ずかしがっている少女たちが、祭りの屋台でおいしい夏の料理を作り、人々の元気を支える力強い島の女になるのだ。東京に出ていく者、東京から移り住んでくる者、いろんな人がいるだろう。だけどこの輪は、誰のことも受け入れてくれる。この日の朝、島についた私たちをも、踊りの輪は呑みこんでくれる。

島に一緒にきたメンバーは、ダンスサークルのメンバーだった。だから、盆踊りの飲み込みも非常に早かった。何種類も繰り出される盆踊りの振りをガンガン覚え、私たちはやがて輪を囲む誰よりもノリノリになっていた。やぐらの上で踊るお手本である青年たちに負けず劣らずの掛け声を放ちまくった結果、ついに私たちは当然のようにやぐらに上げられた。

今日島に着いた私たちが、お手本の盆踊りをする立場になったのである。

いいのか島民よ、と思ったが、青年たちがいいと言うのだからいいのだ。そのまま祭りが終わるまで踊り続けていたら、この祭りを仕切っていた島の団長が、祭りの打ち上げに私たちを誘ってくれた。この祭りは明日もあるというので、片付けもそこそこに、やぐらのそばで真夜中まで飲んだ。打ち上げ用に大量のお酒、料理が用意されており、「いいんですかあ」と言いつつちゃっかりと存分に飲み食いたくさん話した。さきほどやぐらの上にいた人たち、和太鼓を叩いていた人、もちろん祭りの団長、いろんな人が、時間も何も気にせずただ飲んで笑っている。ある女性からは、東京都の公務員試験に受かり、「東京都内の配属だから」と言われ東京都大島町配属になったという話を聞いたり、メンバーのうちのひとりが、島の若い衆に突然「ブサイク」と言われ衝撃を受ける等、盛り上がりは様々だったが、とにかく筆舌に尽くしがたい空間だった。真っ黄色にひかる提灯《ちょうちん》の光に照らされて、祭りの余韻にひたりながら、ウーロンハイの氷が溶けていく。電車も通っていないから、誰も終電なんて気にしない。

宿に電話をすると、「ドアの鍵は開けっ放しだし部屋の鍵はフロントに置いておくから、いつ帰ってきても大丈夫」という、セキュリティ面から見ると全く大丈夫ではない返事をいただいたので、私たちは二次会をたっぷり楽しんだのち、海に向かった。テトラポッドのすぐ近く、石垣の上に並んで寝転がり、皆で星を見た。島の空はとても澄んでいて、まるで海の底が見えるみたいに、天の向こう側が見えた。石垣にうまく登れなかった女子メンバーが足からがっつり流血するという事件に見舞われながらも、私たちは数十分、そこに寝転がっていた。

それは昔見ていたドラマであり、昔読んでいたマンガであり、昔読んでいた小説だった。大学卒業を控えた学生最後の夏、夜の海で星を見上げるこういう場面を、私は知っている。子どものころ、読んだり見たりしたものの中に、こういうシーンはたくさんあった。そんな中にいま自分がいる。それはきっととてもしあわせなことだ。とても恵まれていることだ。

だけど私はさみしかった。

私は故郷を出て、いま、東京でひとり暮らしをしている。こうして、東京で出会った仲間たちと毎日過ごしている。就職先のことを考えると、これから先も、東京に住み続けることになる可能性が高い。

私の故郷にも、祭りはある。子どもたちの作る行灯《あんどん》がずらりと飾られ、子ども歌舞伎が行われる、田舎町にしては大きな規模の祭りだ。かつての同級生が、その運営を担っている姿を、私はSNS上の写真で見た。かつてはその子ども歌舞伎に出演し、高校卒業後も地元に残っている同級生が、故郷の伝統を支える存在になっていた。

いくら、ついさっきまで盆踊りの輪の中にいたと言っても、私は決して、その輪を巡る血を手に入れることはできないのだ。それは当然のことなのだが、私は無性に、さみしかった。東京に出てきたことを後悔しているわけではない。だが、もう決して取り戻せないものを、そうとは気づかないうちに、手放してしまったような気がした。

日も変わった真夜中、開け放たれた宿の入り口とフロントに普通に置かれていた鍵によって誰でも入ることのできた部屋に戻ると、久しぶりの布団が私たちを出迎えてくれた。祭りの団長に、明日東京に戻ることを告げたら、船に乗る前にもう一度祭りの会場に寄っていけと言われた。触れれば触れるほど、その中には入っていけないとわかりつつも、完全に離れてしまうことはやっぱり惜しい。

次の日、昨夜島の男からいきなりブサイクであることを告げられたメンバーがタクシー内で必死に化粧をする中、私たちは東京へ戻るため港へ向かった。団長はまたビールと焼き鳥を振る舞ってくれた。最後に団長と写真を撮り、私たちはスーツケースを転がす。今日の夜も、この場所で盆踊りが行われる。私たちはそのころ東京にいる。やぐらの上で踊ることはできても、あの中学生たちが島を支える大人になっていく尊い時間を、私たちは決して知ることはできない。そんなことを思いながら乗った高速ジェット船は、二時間弱で東京に着いた。そんな近くの島に三十時間かけて上陸したあの勘違いの感動は、きっとこの先一生味わえないだろう。

北海道への旅（未遂）

素敵リア充みたいなエッセイを書いてしまった。バカバカ。いい感じの話でごまかすというやり方に読者の方々は辟易《へきえき》しているだろう。バカな私。自分を貶《おと》めるふりをしてリア充をアピールするエピソードを振りかざすなんて、私の嫌いなタイプのツイッターユーザーと同じではないか。ということで今回はリア充をアピールするふりをして自分を貶めてみようと思う。通常陥ってしまう逆のパターンだ。この果敢なチャレンジをほめたたえる準備を整えておいてほしい。

島への旅を終えて四日後、私は北海道へ旅立つ予定であった。音楽フェス好きの私は、RISING SUNというオールナイトのフェスに参戦するつもりだった。この時点ですでに拭えないリア充臭があなたの周りにも充満してくることだろう。先行販売が行われた五月の時点で、テントサイト付きのチケットを買うというやる気まんまんぶりであった。今回、フェスへの旅の代表入りを果たしたのは私の他に男女ともに一名ずつ、一年生のころから仲が良い語学のクラスのメンバーであった。これまで何回かこのメンバーでフェスに行ったこともある。車中泊もテント泊も余裕という、完全に野性タイプの二人だ。呼び名はA子とB平とする。

ライジングサンは八月十二日に始まり、八月十四日の朝に終わる。テーマは「フェスを中心に据えた貧乏旅行」であるため、飛行機や宿は使わない。移動はすべて車、宿泊はすべてテントである。フェスの前後二日間くらいを空けておいて、あとはノリでどうにかするノープラン貧乏旅行。一週間、北海道テントの旅である。

つまり、私たちはチケットとレンタカーさえ手に入れればそれでよかった。宿の予約も、航空券の予約もいらない。テントやら寝袋やらヘッドライトやらはみんな持っているので、もう準備するものもない。思うがままに一週間、チェックインとかチェックアウトとか気にせず過ごせるのだ。しかもフェスにも行ける！　私たちはウキウキしまくっていた。完全に浮かれていた。フェスのタイムテーブルをチェックし、どうステージを巡ろうか考え、狙いのアーティストの曲を予習したりしていた。

出発が二日後に迫った八月八日、すなわち大島から帰ってきた二日後、A子とB平を私のアパートに招集し、出発前の打ち合わせをすることにした。様々なものの予約等は不必要とはいえ、北海道はとても広い。どのような順序でどこをまわれば、間にフェスを挟みながら効率よく一週間を楽しめるか、とりあえずなんとなくの計画を立てておこう、ということだ。実はこの北海道打ち合わせはこの日で三回目であった。何度集まってみても、どうしても途中で飲み始めたり、奥義「どうにかなるっしょ」を誰かが繰り出してしまったりして、結局何にも決まっていなかったのだ。

地図を見れば見るほど北海道とは広い。ちょっと離れただけで、車で二、三時間はかかってしまう。これはこういう打ち合わせをもっと早めにしておくべきだった、と私たちは身に染みて思う。

一番上に「ｉＰｏｄ」がドンと構えている実用性のない持ち物リストも無事完成し、三人分を五万二千円で購入したフェスのチケットも配り終わり、レンタカーも予約しテントの大きさも寝袋の数も確認し、準備は完璧だ。あとはあさって、早朝から車でひたすら北を目指せばよい。

「いやー楽しみだねえ」

「車で北海道なんて、俺らイキだねえ」

「青函トンネル様様だねえ」

そろそろビールでも取り出そうかという空気になったとき、A子がぼそりとつぶやいた。

「でもなんか友達に言われたんだよねえ、青函トンネルって一般車通れるのかって」


おーっと?


私とB平は硬直した。硬直した私たちを見てA子も硬直した。

飛行機やフェリーを使わずに、自家用車で本州から北海道に行くには、青函トンネルを利用する。それは、なぜか私たち三人にとって共通認識だった。それが真実かどうか確認しなくてもよいというレベルだった。

「……ちょっと調べてみる」

B平がパソコンをカタカタとする。部屋が急にシーンとなる。

「あ」

B平がパソコンから顔を上げた。

「青函トンネル、車は通れねえや」

これが、平和に始まろうとしていた北海道旅行に嵐を呼び込むファンファーレとなった。

私は一瞬固まったのち、テーブルの上に拡げられている北海道版のるるぶを睨んだ。一般車は青函トンネル通れないって表紙に書いておきなさいよ！　アメリカの裁判ばりの言い分を心の中で主張する。

「……落ち着こう、大丈夫、車も一緒に乗れるフェリーがあるから、ね」

B平はまたパソコンをカタカタする。お察しの通り、このズッコケ三人組のブレーンはB平である。

もともと、行きは全て車で、帰りはフェリーに乗って帰って来ようと思っていた。北海道へのフェリーは、茨城、新潟、八戸などいろんなところから出航しており、中にはもちろん車とども乗れるものもあるのだ。ていうか飛行機で行けよ、と思うかもしれないが、私たちはとにかく「車で北海道」という貧乏臭漂うロマンを達成したくてしかたがなかった。

「八戸から乗ればフェリーの利用はちょっとだけだし、車で北海道を達成したことになるよな」うんうんなるなる、と、私たちは若干のズルをごまかし、車と一緒に乗れるフェリーの値段を調べた。

それがバカ高かった。

貧乏旅行、という冠がぽろりと外れる。「こんなにするんだ……」すでにチケット代としてひとり二万円近く払っている私たちは、車と共に海上を数時間移動するだけでこんなにも搾取《さくしゅ》されるのかと泣けてきた。「でも、一週間分の宿代ゼロなんだから、な」フェリー代の他、ガソリン代や高速代もバカにならないことにもうすうす気づきながらも、私たちはこれは貧乏旅行なんだと言い聞かす。

まあまあ高いけどしかたないね、と予約ボタンを押すと、画面いっぱいに×印が並んだ。高いけどしかたないね、なんて若干上から物申していた自分たちを、瞬時に恥じた。そもそもお呼びでなかったのだ。

「……満席だねえ」「混んでるねえ」嫌な予感を払拭するように、北海道行きのフェリーが出航するすべての港をチェックする。並ぶ×。×。×。このあたりでやっと、B平が勇気を出して判決を下した。

「これ、車で北海道行けねえや」

ひとつめのロマンが脆《もろ》くも崩れ去った瞬間だった。

車を一緒に乗せるタイプのフェリーはもう、どこもかしこも空いていない。何なのだ。世の中にこんなにも車を引き連れて北海道に行きたい人がいるとは知らなかった。この時点で出発の二日前である。このタイミングで旅の根幹が崩落した。

「じゃあ、道内をレンタカーで回ることにしてさ、フェリーで行こう。八戸までは新幹線に乗って、フェリー使って、北海道をテントで旅する」

それでも相当なことだよね、とA子とB平は無理やりテンションをあげているが、先日三十時間フェリーに乗った私は、八戸～苫小牧《とまこまい》間の往復十五時間のフェリーの旅にすでに戦々恐々としていた。

でもしかたがない。私たちは微笑みあう。それならば、と、こちらで借りる予定だったレンタカーをキャンセルし、苫小牧で借りるレンタカーを予約しなければ。港に着くのが早朝なので、朝から借りられるところがいい。しかも、一週間ほど続けて借りられるところだ。

結論から言うと、そんなものは見つからなかった。

躍起になる、という言葉をその時の私たちは体現していた。約二時間、はじめは苫小牧周辺、もうそのあとはとりあえず、と苫小牧からフェス会場までにある市町村のレンタカー屋に電話をしまくった。しかし「マイクロバスしか貸してないんですよ」等と、土地柄なのかダイナミックな返事を投げつけられたりしているうちに、私たちは途方に暮れることになった。

「これさ、道内は電車移動するしかないね……テント担いだまま」

旅の様相が変わってきた。テント泊とは車やバイクでの旅だからこそ似合うのだ。テントを背負った奴らが普通に地下鉄に乗ってきたらめちゃくちゃうっとうしいではないか。でも交通手段の予約がとれないのに宿の予約が取れる気もしないし、そもそもフェス中はテントに泊まらなければならないわけで、いま現実的なのは「道内車なしテントの旅」なのである。

フェリーもレンタカーも予約でいっぱいだなんて、一体どういうことなんだ！　と憤慨していると、先月までアメリカに留学していたA子がつぶやいた。

「そういえば、アメリカの友達に言われた。そのあたりOBONだから、予約ちゃんとしたほうがいいよって……」

外国の友人に「お盆だから混む」という日本的なことを教えていただいたことに感謝しつつ、私たちは一度その場をお開きとした。もうしかたがないのだ、電車内でうっとうしがられる一週間を送るほかないのだ。

この時点で八月八日、二日後に出発する旅は「車で北海道テントの旅」から、「八戸まで新幹線、そこからフェリーで道内電車移動テント泊の旅」と名前が二転三転した。しかしここから、五転六転することになるとは誰が想像しただろう。

翌日、出発を目前に控えた九日、B平からスカイプがきた。

「あのさあ」

B平はすでにちょっと笑っている感じであった。

「そもそも俺たち、八戸まではどうやって行く気だったっけ？」

「新幹線じゃん？　……テント背負って」

私は悲しげに答えた。B平もA子も実家暮らしゆえ、新幹線というものになじみがないらしい。岐阜出身である私は昨日、そんなふたりに「新幹線には自由席ってものがあるから、乗れないってことはないんだよ、フェリーとは違って。ほら、乗車率百二十パーセントとかよく聞くでしょ」と偉そうに語っていた。東海道新幹線のことなら任せろい、といった感じである。

「八戸に行く新幹線さ、はやてって名前なんだけど」

B平が言う。私が帰省時に使っているひかりやこだまではない。

「はやて、全席指定なんだって。そんで、もちろん満席」


！


ＯＢＯＮ　なう！

外国人でさえ予期していたＯＢＯＮパワー、ここにあり、である。

フェスは十二日の昼間から始まる。十一日のうちには苫小牧に着いていなければならない。

なぜなら道内電車移動だから。そのためには八戸に十日の昼間のうちに着いていなければならない。なぜならば、八戸から苫小牧まではフェリーで七時間以上かかるから。

そしてこのときすでに、八月九日の夜である。

すぐさまA子に連絡をし、三人でスカイプ会議を決行することとなった。議題は、【明日の昼間までに青森県八戸市に辿り着く方法】だ。

はやて満席、と聞いてスピーカーが爆発するほど大笑いしはじめたA子が落ち着くのを待ち、私たちは会議を開始した。もうMANSEKIという言葉の音の響きだけで私たちは爆笑するようになっていた。

高速バス、満席。寝台特急、満席。八戸以外の港から出るフェリー、満席。満席なう♪

貧乏旅行という最後の砦を取っ払ってしまうことを決意し、金出して飛行機乗ってやってもいいぜと思ったところで、飛行機、満席!

イエーイ!!!

私たちはゲラゲラ笑っていた。気が狂ったも同然であった。

「もう鈍行でフェス会場に行くしかない!」

私は声高に宣言した。残された道は鈍行列車しかないのだ。これまではフェリーの時間やら何やらがあったから、明日の昼間までに八戸なんていう早め行動をしていたが、八戸や苫小牧のことを考えずフェス会場にまっすぐ向かってしまえば、そんなめんどくさいこともなくなる！　テント背負って青春18きっぷなんていいじゃんいいじゃん青春ぽくてさー！
私はアイフォンでいまこの場所からフェス会場最寄り駅へと鈍行でどれくらいかかるかバーンと調べた。そしてその結果を二人に伝える。

「四十五時間かかります」

いまこの瞬間に電車に乗れば間に合います、と告げると、二人は爆笑した。バッカじゃないのー？　ゲラゲラゲラー！　部屋のベッドの上で笑い転げていると、やっと、ひとつの真実が腹のど真ん中にドンと落ちてきた。

私たちは、北海道に行けないのだ。

「北海道って意外と行けないんだねー！」「ねー！」すべては、青函トンネルについて調べなかったところから始まった。外国人よりも母国JAPANのOBONをナメくさっていた私たちは、五万二千円分のチケットでいま、笑いすぎてこぼれでた涙を拭こうとしている。
結局私たちは北海道の代わりに、テントで東北を巡る旅に出るのである。最終日、高さ四十二メートルの橋から飛び降りることになる東北テント一週間の旅については、またいずれ。

群雄

都を制圧しようと挑む田舎者に
次々と立ちはだかった強敵達の記録。

眼科医

私は目が悪い。小学生のころスーパーファミコンのドンキーコングでポニーテールスピンをしまくった結果、劇的に視力が低下した。これまでのエッセイを読んでいただくとわかるように、小学生の私は「視力が低下する」ことを「かっこいい」と思っていた節があったので、視力検査の日に居残りを命じられたことを若干誇らしくさえ感じたことをよく覚えている。小学生〜高校生にかけて、（というか残念ながらきっといまでも）私は「周りとは違う」ことに関してひどく敏感であった。たとえばナントカ反応とかが出ずにハンコ注射をしなくてよかった子などはヒーローであった。その流れで、「周りとは違って目が悪い」自分もヒーローになれると思っていたのだ。そんなヒーローは三分と待たずにどこかの星へ帰ってほしい。目にバリバリと張りつくようなコンタクト生活を強《し》いられている今となっては、あのときポニーテールをスピンさせなければ、と後悔する日々である。

　そのため私は、二カ月に一回ほど、コンタクトを買いに行かなくてはならない。割と高額なコンタクトを定期的に購入しなければならないというのはなかなか心が重いものだ。また、パソコンを長時間使用していると、定期健診のたびに視力が下がりコンタクトの度数が上がっていく。二カ月に一度、経済的にも身体的にもダブルでダメージを喰らうことになるのだ。しかし、大学に入って、ダメージはもう一つ増えトリプルになった。ダブルがトリプルに！　キャンペーンである。経済的、身体的に仲間入りしたのは精神的なダメージだ。

一言でいうと、私と眼科医は犬猿の仲なのだ。

これもひとえに私のミスから始まったことだったのだが、腹黒いくまのプーさんみたいなあの眼科医との戦いをここに記しておこうと思う。

【開戦】

そのとき私はまだ大学一年生だった。記念すべき初診である。上京したてホヤホヤであった私は、まさにホントの私デビューといったテンションで眼科の門を叩いた。

保険証を忘れて。

私はいきなり焦った。受付であたふたしていると、お姉さんがギロリと私を睨《にら》んでくる。どうして病院の受付のお姉さんというのは若干冷たいのだろう。こちらは弱った状態で訪れているのだから、そんな目をしないでいただきたい。

受付で正直に「保険証を忘れたみたいです」と告げると、バカかお前はという顔をされたのち、別の日に保険証と領収書を持ってきてくれれば差額を返還しますので、というような説明をされ、診察室に通された。

そこにはパッチリ二重《ふたえ》に髭《ひげ》を蓄えた眼科医がでんと座っていた。まさに「でん」といった感じであった。

「どうぞ」

そしてそのスイートボイスは想像を絶するものだった。

彼に操られるがまま目を検査される。ふうむ、とかわいく唸《うな》る眼科医の様子からしても、けっこう目は汚れているのだろう。ああ検診に来てよかった、と思っていると、またもや甘い声がした。

「君、目がすごく汚れてるね……コンタクトつけっぱなしで寝たりしてない?」

さすが眼科医、お見通しである。私はそのころ「コンタクトをつけっぱなしで朝まで遊んでいること」「寝不足であること」がかっこいいと感じているような、私立おのぼりさん大学の一年生であった。「寝不足で逆に元気」という科学的根拠のない謎の定説を布教していた馬糞のような学生であったため、「そうですねえ〜コンタクトつけたままっていう日もけっこうあったりしますねえ〜」と頭をかきながら答えた。

眼科医は甘い声で言った。

「君は愚かだね」

これが、私と眼科医の関係を決定づける、記念すべき一言であった。

あの日あの時あの場所で君に会えなかったら〜と、小田和正がいつ歌いだしてもおかしくないような名シーンである。私は固まった。自分は愚かだという事実を他人によって目の前に突き付けられると、人間は身動きを取れなくなるらしい。私は人間性を「愚か」だと判断されるくらいぐしゃぐしゃに濁《にご》った目をしていたのだ。テレビでよく見る「抱かれたい芸能人ランキング」の「抱かれたい」とは本当に文字の意味のまま「抱きしめられたい」という意味だと信じて疑わなかったあのころの澄んだ瞳を取り戻したい。

「君、そういえば、今日、保険証を忘れたみたいだね」

ひゃっ、と私はイスの上で怯える。あの冷たい目をした受付のお姉さん、告げ口したのね……。はい、と消え入るような声で答えると、眼科医はカルテに何かさらさらとペンを走らせながら「次からは気をつけてね」と、相変わらずのスイートボイスで言った。ふう、と私が安心したのも束の間、眼科医はまっすぐに私の目を見た。

「今日は有り金ぜんぶ置いて帰って」

ほぼ強盗だった。ちょっと丁寧な強盗がそこにいた。

イスの上で再び固まる私に向かって、眼科医はふふふと不敵に笑った。「うそだよ」とフォローしたと思ったら、すぐに「いいもの食べてなさそうな生活してるし」と付け加えられた。これが私と眼科医の出会いだ。

新しいコンタクトは手に入った。その代わりに何か別のものを失ったような気持ちに見舞われながら、私は眼科医との初戦を終えたのだった。

【二回戦】

またコンタクトがなくなった。買いに行かねばなるまい。私は即座に、インターネットであの眼科を検索した。すると某巨大掲示板のようなところに行きつき、そこでスイートボイス眼科医の被害者の会を発見した。そこには「私が診察室に入ったとき、あの人はデリバリーピザを食べていました（二〇歳・学生・男）」等様々な証言があり、彼らの傷の深さに比べたら、と、私は二回目の訪問への覚悟を固めることができた。

このとき私は、眼科が閉まるギリギリの時間に訪れた。この場を借りて言わせてもらうが、どうして眼科や内科の病院系はあんなにもやっている時間が短いのだろうか。しかも土曜日は午前中だけだったりするではないか！　閉まっている病院の前でしばし呆然《ぼうぜん》とし家に帰らなければならなくなったことが何回もあるぞ！　どうにかしてくれ誰かなんかそっち方面で偉い人！

というわけで保険証を握り締め夜に眼科を訪れた私なのだが、閉院間際とはいえ、待合室にはたくさんの人がいた。私のあとに入ってきた数人を含め、なんだかみんなイライラしている。もうすぐ閉まってしまうからだろうか。ここまで来たのが無駄足になったら、そりゃ私だってイライラする。

待合室にもあのスイートボイスは筒抜けである。「お大事にい」というくまのプーさん声はピリピリムードの待合室を包み込み、待たされ続けている方々の貧乏ゆすりを加速させている。さすがに眼科医も急いでいるのか、診察にかける時間もそれぞれ短めな気がする。

私の番がきた。待合室にはまだ四人ほど残っている。

診察室に足を踏み入れようとすると、頭の中であの声が蘇る。愚かだね。愚かだね。有り金ぜんぶ置いて帰って。有り金ぜんぶ置いて帰って……！

「こんにちは」

ひいっ。

普通に挨拶をされただけなのに、私は少し怯えた。こんにちは、有り金ぜんぶ置いて帰って、と続けられるのかと思ったのだ。もちろんそんなことはなく、今までの患者と同じように、私の診察も迅速に進んでいく。

と思ったら違った。

「どうしたの、風邪気味?」

少し咳をしていた私に、眼科医はやさしく言った。スイートボイスがさらにやさしくなり、ほぼエンヤの域に達している。彼はくまのプーさんの皮をかぶったエンヤなのかもしれない。前回は少し丁寧な強盗だったのに、この変わりようは何なのだろう。

まあ、風邪気味といえば風邪気味ですね、と煮え切らないにもほどがある返答をすると、

「じゃーん」と、眼科医はあめのようなものが入った透明のビンを取り出した。

そして言った。

「ねえ、これ、はちみつノド飴なんだあ」

プーさんがはちみつの説明をしている。私は表情がゆるまないようにぐっと顔に力を込めた。眼科医は楽しそうに続けた。

「このはちみつ、どこの国のやつを使ってるか当ててみて」

どうしてだろうか。どうして私がはちみつの原産地を当てなければならないのだろうか。どうしてこんな付き合いたての彼女みたいな質問をされているのだろうか。

「わかりません」と答える私に向かって、眼科医ははちみつノド飴をひとつ差し出してきた。

「じゃあ食べて当ててみて?」

甘えるな、と言いたい。そんなの無理だ。一体何なのだ。私はあなたの何なのだ。

口の中でノド飴を転がす。味のほうは、いたって普通のはちみつ味のノド飴だった。しかし原産地を当てろというのだから、きっと高級なものなのだろう。どこの国かなんて、見当もつかない。

「……ちょっと、わかりません」「まだわかんないのお」眼科医はどうしても私に答えさせたいみたいだ。しかしわからない。そもそも適当に返答をしたが私は風邪気味でもなんでもない。

結局しばらく口の中で飴をごろごろとしただけの私に向かって、眼科医は笑顔で言った。

「これはねえ、フランスのはちみつ！」

そうですか、と言う他なかった。

このとき私はどうすればよかったのだろうか。誰か答えを教えていただきたい。

診察は普通に終わった。一体今日は何だったのだろうと思いながら、口の中にまだ残る飴玉を舌でもてあそびつつ、待合室に戻る。

その瞬間、待合室に残っていた四人にギロリと睨まれた。

……はめられた！

私はハッとする。待合室にいたときにわかっていたではないか、眼科医の声はここまで筒抜けなのだ。閉院間近、かなり待たされてイライラしているであろうこの人たちを待たせて、私は眼科医とはちみつ原産地当てゲームに興じていたのだ。飴玉を味わいながらの長考に突入した私に対して、ここで待っていた人たちはさぞ苛立ちを増幅させていただろう。しかもフランスか普通かよ、と、おもしろみのない解答に対してももしかしたらイライラしたかもしれない。

違うの、私のせいじゃないの、と目で訴えても、フランスくらい早く答えろやボケ、という目で見返される。私の次に呼ばれた人はもう診察を終えて出てきた。無駄話もなく、口の中をごろごろさせてもいない。これが正常なのだ。私はただ待合室の回転率を下げた馬鹿者として見られたのである。

最近は、またコンタクトの扱いを杜撰《ずさん》にしてしまったときに、「こんなにも目が汚れてるってことは……目を開けたまま寝ているんだね」と突如夜の姿を言い当てられたりしている。私も「そんなわけな……でもそれって自分じゃわからないですもんね」等と煮え切らない反応をしてしまい、「ほらねえ」とどや顔をされたりしている。私は決してこの眼科医を嫌いなわけではないのだ。虜《とりこ》と言っても過言ではない。いつか検診のときに森の奥にひっそりと張っている湖面のように美しい目を披露して、感動してもらいたいと思う。

母

母親という生き物は、おもしろい。友人の母の話を聞くのもおもしろいし、テレビで芸能人などが母の話をしているものもたいていおもしろい。これはどうしてなのだろう。歳を重ねるごとに女性はおもしろくなっていくのだろうか。こんなことを言うと世の女性に総スカンをくらいそうだが、本当にそう思ってしまう。もうすぐ誕生日だよおばさんにまた一歩近づくよ～と笑う大学の女友達の肩にやさしく手を置いて言ってあげたい、何も怖がることはないよ、だってこれからはおもしろくなるのだから、と。

さて、今回は私の母の話をしたいと思う。先日実家に帰った際、母のエピソードを集めてエッセイを書きたいという旨を伝えた。父はニヤニヤし、母は「え～」と言いながらまんざらでもなさそうであり、姉は突然「私のことを書いたら殺すからね」と精神的赤紙を突き付けてきた。パッと思いつくだけでも母に関するくだらない話はたくさんある。「国道○号線」の数字の部分は、自分がこれから向かう目的地へのキロ数だと思っていたし、うさぎ年の正月に帰省をした際、「はじめてパソコンで作ったの～」と私に見せてきた年賀状にはドンと牛が構えていた。数あるエピソードの中から厳選して、この場を借りていくつか紹介させていただきたい。圧倒的に無益な読書体験がこの先両手を広げて待っていると思っていただいてよかろう。

母の愚行その1「息子の受験で張り切る」

私は、大学受験の際、国立大学も受験していた。結果、不合格だったのだが、当時はわりとがんばって勉強したものである。地元の駅にあるコーヒーショップ、ドーナツショップ、カフェスペースつきのパン屋、この三つをローテーションして閉店まで居座って勉強していたため、相当迷惑がられていたこともいまではいい思い出だ。

高校三年生の二月あたりは、みんな泊まりがけで全国各地に飛び散った。東京で私大をたくさん受ける友人は、ウィークリーマンションを借りたりしており、私も早稲田大学を受験する際は一人で新宿のホテルに一泊した。そのためクラスメイトが教室に半分以下の日などもあり、空席を見てはみんな今頃がんばってるんだろうなあ、と思ったりしたものだ。

しかし、第一志望であった国立大学の受験が現実味を帯びてきたころ、母が「私もついていく」と鼻をふくらませ始めた。なんせ、第一志望の試験は二日にわたって行われるため、母としては心配だったのだろう。生粋《きっすい》の田舎者である私にとっては、確かに早稲田受験のため一泊するだけでもなかなかの一大事だったため、母が同行を申し出たときには恥ずかしい気持ちとほっとした気持ちが半々であった。

そういえば、早稲田受験でちょっと思い出したことがあったので書き記しておきたい。「明日受験、独り、新宿のホテル」という慣れない環境にあたふたした私は、試験前日、何を思ったのか「好きな漫画を読みたい」との思いを胸に抱き夜の新宿の街を徘徊《はいかい》した。そして、ちょっとだけ漫画喫茶に入ろう、と思い足を踏み入れた店が個室ビデオ店だった。この世に神様が本当にいるのならば、俺は受験に落ちる！　とそのとき本気で思った。試験前日、エロＤＶＤに四方八方を囲まれるなんて愚の骨頂！　と絶望したことをいまでもはっきりと覚えている。話の流れを止めてまで挿入すべきエピソードだったかどうかは甚《はなは》だ疑問だが、受験にまつわるくだらない記憶としてここに残しておく。

周囲の友人に聞いてみたところ、第一志望の大学の受験で前日入りする際には、割と親がついてきている様子だった。そのため、私も恥ずかしさを捨て、ありがたい気持ちで母の同行を受け入れることにした。

「じゃ、ホテルは私が予約しておくから！」

母はやたらと張り切っていた。別に予約くらい自分でやるよ、と思ったが母はゆずらない。受験シーズン、都内のホテルは大変混み合う。大学へのアクセスも考えなければならないため、ホテル選びは重要だ。大学から遠いところにあるため余計な早起きが必要になる、部屋が汚く前日落ち着けない等、試験以外の余計な心労はできる限り控えたい。それをサポートしてくれるというのだから、ホテルの予約も任せようと私は思った。

国立受験は二月二十五日と二十六日だ。すなわち私は、二十四、二十五日と東京に泊まることになるわけである。

受験日が近づいてきた。当時、私の姉は就職活動中であったため、なんとなく朝井家はぎりぎりのバランスであったように思う。そんな中、父が母に問うた。


「お前、リョウのホテルの予約はちゃんとしてあるんだろうな？」

「ばっちりよ、大学に近いホテルで二日間、早めに予約しておいたんだから」

「そう。リョウの受験は二十五と二十六だったよな？」

「だから二十五と二十六にばっちり予約したの。ハイ今日の晩御飯はおでんよー」

「昼から煮込んだおでんはうまいなあー」

少し巻き戻そう。


「二十五と二十六にばっちり予約したの」

ベタに間違えとる!!

二十六日にホテルに泊まって次の日私と母は東京観光でもするのだろうか。ていうか前日どこに泊まんねん! という旨を父が母に伝えてくれたらしく、慌ただしくホテルの予約がやり直された。もちろん大学の近くのホテルは満室であり、私は受験初日と二日目とで別のホテルに滞在することになってしまった。これこそが先程できる限り控えたいと述べていた「試験以外の余計な心労」である。ちなみに、受験の朝、ホテルのカフェで母が紅茶か何かを飲んでいたところ、飲み方が不適切であったらしく隣の外国人からがっつり注意を受けた、というプチ情報も記しておく。

母の愚行その2「免許証」

母に関する残念エピソードは車にまつわるものが多い。冒頭で紹介した国道〇号線の話もそうだが、車となると母のエンジンも全開になるらしい。今から記す二つのエピソードが発生したとき、私はその場にいなかったため、当時の状況を知る生ける伝道者の話をもとにして書こうと思う。

その日は検問が行われていた。事件だか何だかわからないが、とにかく警察官が一台一台の車に免許証の提示を命じていた。

もちろん、私の母もこれに倣《なら》……わずに検問を突破すべくアクセル全開でゴーみたいな、文藝春秋に苦情の電話が殺到するようなエピソードではないので安心していただきたい。

一台、また一台と検問を通過していく中、母もいそいそと免許証の準備をする。そしてついにそのときがきた。

「免許証を見せていただいてよろしいですか？」

窓から覗く警察官のおだやかな表情。もちろん母もおだやかに免許証を提示する。

自分の好きなようにハサミでカットした免許証を。

母は検問に引っかかった。当然である。切り刻んだ免許証など検問に引っかかるための黄金カードみたいなもんである。私はこの話を聞いたとき一切笑えなかった。意味がわからなかった。母は「お財布に入れやすい形にしたかったのよ」どや、という感じで理由を告げてきたが、それは私を少し悲しい気持ちにさせただけだった。

その後母は道路交通法を犯してしまった人々と同じ講習を受けビデオ等を観たようだが、長時間にわたる講習ビデオの中にも「免許証をオリジナルカスタマイズしてはいけない」なんて項目はないはずなので、意味がなかったといえる。免許証保持者ならば一度は観たことはある「交通事故等が原因で家族を巻き込む形で人生が変わってしまった人のドラマ」を、

「免許証をオリジナルカスタマイズしたことで家族を巻き込む形で人生が変わってしまった人のドラマ」に撮り直さない限り、母の改心は遂行されないだろう。

関係者の方々、検討していただきたい。

母の愚行その3「車、爆発」

総製作費数億円規模の映画のタレコミみたいなタイトルがついたが、そんなにも怯えなくてよい。しかし朝井家長男としては、ある意味で車が爆発する以上の衝撃を受けたということだけはわかっていただきたい。

その日は雨が降っていた。しっとりとした雨に濡れた車が田舎道を走る。車体の中でフル回転しているエンジンは熱をもつため、雨のしずくに濡れると湯気のようなものを立ち上らせる。

それはよく見る光景である。とてもよく見る光景であるはずだ。この時点で嫌な予感がした読者はいい勘を働かせているといえよう。しかしその勘は日常生活を送るうえで何の役にも立たないということをここで確認しておく。

フロントガラスを打つ雨と雨のあいだから、母の視界がその車体から立ち上る湯気を捉えた。母の表情はその瞬間、劇画タッチ調に変化していたことだろう。

母は車を止めた。後続の車も慌てて止まる。

母はシートベルトを外した。慌てた様子で、バタンと車のドアを開け外に飛び出す。

雨が母の頬を打つ。母は走る。雨の中、走る。

そして後ろに止まっている車の窓を叩いた。見知らぬ運転手が顔を出す。

母はそこで、正義感あふれる勇敢な行動に出た。


「私の車が爆発します！」


かっこいい……！

自分が真っ先に逃げるのではなく、周囲の人に危害が及ばないように配慮をしている！

こんな緊急事態なのに、自分の身を犠牲にしてでも周囲の人を逃がそうとしているではないkちがあああああああああう!!!

危ない！　危うく無理やり美談にまとめてしまうところだった！　危ない危ない、小説家という職業はどんな話でもきれいにまとめようとしてしまう節がある！

このとき、後ろの車の運転手が大変優しい方だったからよかったものの、もしその運転手がうわさ好きの団地妻だったりしたら大変だった。一瞬で「朝井家の嫁は爆弾魔だ」といううわさが町中に広まったことであろう。紳士な運転手は、慌てふためく母に対して「それはね、エンジンがあたたまっているからね……」と丁寧に湯気の説明をしてくれたのだという。当の爆弾魔は説明を聞いたとたん「ああそうですか」とにこりと笑い、自分の車に戻っていったという。

母という生き物はおもしろい。なぜか、誰の母もおもしろい。これはどうしてなのだろう。理由は定かではないが、ただ一つ言えることは、こんな風に本というメディアで何ページにもわたってこれまでの愚行を記されてしまう私の母は運が悪かったということである。これからも母の行動には目を光らせていたい。

スマートフォン

私は機械オンチだ。このエッセイを書いている現在二〇一一年の五月なのだが、いまだにテレビはアナログである。それを周りの人に言うとまるで「いまでも食器は縄文土器なんだ」と告げたような顔をされるのだが、アナログテレビの利点に私は甘んじている。利点なんてあるの？　という表情をしている読者が目に浮かぶが、胸を張って述べよう。アナログテレビは画面がぶあついので、上に物が置けるのだ!!　薄型テレビにこんな使用方法はあるまい!!　おしゃれな薄型テレビに替えてしまったら、あのポップコーンマシンはどこに置けばいいのかしら？　ほーら、答えられまい。

そのような考え方で生きていたため、私はつい最近まで高校生のころに購入した携帯電話を使っていた。友人たちがすっすすっすとタッチパネル上で指を動かしている中、私は両手で携帯を握りしめ猫背でカチカチとボタンを押し続けていた。スマートフォン内の写真データを交換するため、本体同士をぶつけあう友人たちを見ながら「携帯をぶつけあうなんて……野蛮だよ！」等と必死に否定しつつ、日々を過ごしていた。

周りの友人から「まるで化石のようだ」と上々の評価を受けていた白いスライド式の携帯電話は、ある日、ついに電話の機能がおかしくなってしまった。音声の発信はできるのに、受信ができなくなったのだ。しかしスピーカー機能を起動させれば、相手の声がスピーカーからうっすら聞こえてくる、という謎の逃げ道を発見した私は、少しの間「あたかも普通に電話してますよ感を出しつつスピーカーから漏れてくる相手の声を必死に聞きとる」という愚行に没頭していた。あの時期、私と電話をしたみなさん、やけに私が「ちょっと声大きくしてくれない？」と言っていたことにはそんな理由があったのです、くだらなくてすみません。

私はまず、ショップで修理してもらおう、と思った。ここで「最新の携帯に買い替えよう☆」とならないところがもうすでに悲しい。インターネットにつないだらすぐ電池がなくなるような化石携帯で最寄りの携帯ショップを探し、ぴしっとした受付のお姉さんにこの愛着のある携帯を修理したいという旨を伝えた。お姉さんの表情は一瞬で曇った。

私の携帯は機種が古すぎて修理の対象から外れていた。

私が一台の携帯をたいせつにたいせつに使っている間に、時代は進化していたのである。悲しい事実だ。もうこの機械を修理して使いつづけるという行為に何のメリットもない時代に私たちは行きついていたのである。全く気がつかなかった。

ついにこの日がきたか。そう、朝井、スマートフォンデビューするってよ、である。あの朝丼！　まさかのスマートフォンデビュー！　アプリとか駆使しちゃうの!?　の巻である。

しかし、なんせ高校生のときに購入した携帯であるため、名義が母親だったのである。つまり、母親が「私の名義である携帯の機種変更を、この人にお願いしています」という委任状が必要だったのだ。私はすぐさま母親に電話し、委任状と、手続きに必要な住民票の郵送を頼んだ。もちろんこの電話もスピーカー頼りである。

数日後、母親から届いた委任状を胸に、私は携帯ショップへと向かった。このたった一枚の委任状が、私の心と受付のお姉さんの仕事をかき乱すことになるとも知らずに……。

まず私は明朗快活に「スマートフォンに機種変更をしたい」という旨を伝え、印籠《いんろう》のように委任状と住民票をカウンターの上にたたきつけた。今度は受付のお姉さんも笑顔だ。いまこのとき、私は時代に乗っかった！　という素敵な感覚が全身を包み込んだ。「それでは、ご説明させていただきます」説明したまえしたまえ、という気持ちになり、私はお姉さんに微笑み返す。

しかし私にはお姉さんが何を言っているのか全くわからなかった。

説明がわからぬ。わけがわからぬ。何だ、こっから電波飛ばしててそこを分け合ってなんやかんやだからこのちっちゃいやつも買ったほうがいいの？　なんなの？　そうなの？　でもみんなそれ持ってなくない？　お姉さんが悪いわけではない。ただ私がアナログ人間すぎたのだ。いやーなんかもうなんとなく便利に使えるならそれでいいんだけどなあ～？　わあ、もう一台スマートフォン持ってきてくれて、動画のダウンロードの速さの比較とかしてくれてるう……別に遅くてもいいしい……てか外にいるのに動画サイトとかたぶんあんまり見ないしい……知らない単語に戸惑いつづける私に向かって、お姉さんはにこにこにこにこと説明をたたみかけてくる。

私はもう帰りたくなっていた。だってわからないのである。「スマートフォンに機種変更します」という神の一手を繰り出したはずなのに、まだ時代に乗り切れていなかったのである。つらい。とてもつらい。私はただ電話とメールができればいいのだ。電車内で動画を観ながら快適な生活なんてできなくていいのだ。ただスピーカーフォンという現状から脱したいだけなのだ。

私があまりにもトンチンカンな表情をしていたからだろう、お姉さんは急にあきらめたような顔つきになった。私はとりあえず（にこ）と微笑んでおいた。結局、プランも今のまま、何を追加するわけでもなく、私の望むとおりの「なんとなく便利」な状態が手に入りそうな感じになってきた。最終的にお姉さんは私に名刺を差し出し、「何かわからないことがあったら私に電話してください」と言ってきた。完全に私はあきらめられたのである。こいつもうだめだアナログ系男子め、という感じである。この時点で、お姉さんと対峙《たいじ》して三十分ほど経過していたと思う。私のカウンター以外の客回転率はもちろん素晴らしかった。

長い戦いを経て、私はやっとスマートフォンを手に入れることができた。いやーよかった。

ほんとうによかった。「修理の対象外です（時代的に）」と告げられてから、母親に委任状を送ってもらい、お姉さんとタイマンをはり（完敗し）、やっとここまできた。ほんとうに長かった。お姉さんから白い箱を受け取る。しっとりした重さが、中にスマートなフォンが入っていますよ、と伝えてくれている。白い箱がまるで桐の箱のように見える。私はいま、時代を手にした。そんな古臭いキャッチコピーのような文字が私の脳内に点灯した。

念願のスマートフォンと想定外のお姉さんの名刺をゲットした私は、ルンルン気分で駅の公衆電話へと向かった。とりあえず母親に、委任状をありがとうとお礼の電話をしようと思ったのだ。しかし桐の箱に包まれているスマートなフォンをまだ使う気にはなれなかったため、とりあえず十円玉を握り締めて公衆電話の受話器を取る。ひとつひとつ、母親の携帯の電話番号をプッシュしていく。

もう一度言う。私は、母親の携帯の電話番号をプッシュしたのだ。

最後の数字を押し終わると、プルルルル、というおなじみのコール音が、受話器から聞こえてきた。

それと同時に、先程お姉さんから受けとった白い箱が震えだした。

同時に私も震えだした。西野カナを超える震えである。

何コレ何コレ何コレ何コレどういうことどういうこと！　お姉さんに電話したい！　早くもお姉さんに電話したい！　私はパニックに陥った。意味がわからなかった。ヴー、ヴー、と低いうなり声をあげながら、白い箱が小刻みに震えている。まさにそれはアナログ人間がデジタル神の逆鱗《げきりん》に触れた瞬間のようだった。歴史的瞬間である。

私はおそるおそる白い箱のふたを開ける。ひとつの指紋もついていない美しい画面に、「公衆電話」という文字が思いっきり表示されている。

私は天を仰いだ。

母親の携帯電話を機種変更しとる!!!

私はつい先程までいた携帯ショップに向けてロケットスタートを切った。

そう、全ての原因は委任状である。

私の母は、この携帯電話の機種変更を委任します、という旨を伝える「委任する携帯番号」の欄に、母親自身の携帯番号を書いていたのだ。つまり、私は地元・岐阜でパートに勤しんでいる母の携帯へ発信されていた電波を、わざわざ大都市ＴＯＫＹＯでぶったぎったのである。私がお姉さんから名刺を受け取ったその瞬間、母親の携帯はただの物体と化したのだ。

私は能面のような表情で携帯ショップを再訪した。お姉さんが明らかに「えっ」という顔をした。「おめえさっき散々説明したじゃねえかよ！」という空気が店中から伝わってくる。私は恥ずかしくてたまらなかった。さきほど散々時間をかけていろんな説明をしてくれたお姉さんに対して、こう言わなければいけなかったからである。

「さっきの手続き、全部なかったことにしてください」

松たか子もびっくりの告白である。私の携帯は、このクラスの誰かに機種変更されました、てなもんである。私はお姉さんの顔を見ることができなかった。その場の空気が、ざわ、と音をたててざわめいたのを感じた。しかし、いま岐阜という地で屍《しかばね》と化した携帯を前にあわてている母親を想像すると、耐えられなくなり、少し噴き出してしまった。

私は委任状の番号ミスのことをお姉さんに切々と伝えた。「さっきの手続きを全部なかったことに☆」と、これまで告げられたことのないようなカミングアウトをされたお姉さんは、ばたばたと慌ただしく電話をしたり書類を書いたり、私のために奔走してくれた。ほんとうに頭が上がらない。愛しきマイエンジェル。

結局もう一度委任状を郵送してもらうことになった。もーびっくりしたよー！　と電話先で笑う母も岐阜の携帯ショップにおり、困ったことがあればすぐ誰かに頼るという性根は親譲りであることが判明した。

明くる日何事もなかったように委任状を持参し、私は再び「スマートなフォンをください！」と黄金カードを切った。カウンターにいたのが見知らぬお兄さんだったので、恥ずかしくなかったのである。そしてまた一から丁寧に説明してくれるお兄さんに、「そうですよね」「これってこういうことですよね？」とあたかも知った風に相槌《あいづち》を打っていたのだが、奥からあのお姉さんが出てきて何かをそのお兄さんに耳打ちした。その瞬間説明は打ち切られ、ちゃっちゃと手続きが進められていった。「こいつ愉快犯だから」とでも耳打ちしたのであろうか。

いまではアイのポッド片手にスマートなフォンをすっすすっすと操《あやつ》るようになった私は、完全なデジタル人間に変貌したといえるだろう。友人のスマートなフォンとぶつけあいまくって写真の交換もラクラクである。ただ、出先での動画のダウンロードが遅いなあと思ってはいるが。

バイト先のXデー

よくよく考えたら、確かにその日はオフィスの様子がおかしかったように思う。

私はそのとき、駒場東大前駅のすぐそばにあるオフィスでアルバイトをしていた。友人の知り合いから紹介してもらったところで、まだ立ち上がったばかりのベンチャー企業といった感じだった。あの有名なストリートビューのイラスト版のようなものを創っているといったらわかりやすいだろうか。イラストで再現された街の中を実際に歩くことができ、画面上で店にも立ち寄れる。店のアイコンをクリックすると簡単な外観、内装、商品、メニューなどのちょっとした情報を見ることができるのだ。便利機能つきの体感地図といった感じだ。

私はその各店舗の情報ページのデザイン担当、みたいな扱いだった。といってもカメラ部隊が撮ってきた写真をフォトショップでちょいちょい加工して組み合わせていく、という仕事だったので、とても楽だったしそれ以上に楽しかった。社員の方からもらった生キャラメルを食べながら自分のデスクで写真を加工……ちょっとオシャレ学生ぽいではないか。オシャレ雑誌の「俺の秋物コーデ3WAY」コーナー等に出てきそうなライフスタイルではないか。休日はラクロス等に励んでいそうではないか。さらにランチは東大の学食で食べる日々である。偏差値を吸いとれそうではないか。こんなことを言っているヤツが一番頭悪そうではないか。とにもかくにも、私はこのバイト先にかなり満足していた。

その日も、私の隣のデスクには武田さん（32）という上司がいた。私がアルバイトを始めてから入社してきた方らしく、明らかに「どこかから引き抜かれてきました」感のある男性だ。いかにも仕事ができそうだし、とってもユーモアがある。真剣に仕事をしているとき、道端で拾ったという手裏剣をスッと差し出してきたりする。そして「……」となっている私に向かってニカッと笑うくらい、ユーモアがある人なのだ。

Xデー当日。そんな武田さんとの会話を思い出してみよう。スタート！


「朝井くん、今日もがんばってるねーもう昼飯食った？」

「はいっ」

「そっかー。朝井くんさあ、今日USBとか持ってきてる？」

「はい、持ってますけど……貸しましょうか？」

「いやいや、借りたいとかそういうわけじゃなくて。持ってるんだったらさ、この会社のパソコンの中で欲しいファイルとかあったら、今日中にUSBにコピーしとくといいよ」（少し低い声で）

ハイ、カット！　どうしていきなりそんなことを言うのだ武田さん、と少なからず私は思った。いつもはニコニコと笑顔で話してくる武田さんも、このときばかりは目も合わせてくれなかった。

何なのだ何なのだ、私がもごもごしてるうちに、高原さん（28）が出勤してきた。高原さんとは、私が一番お世話になった方である。ランチを奢ってくださったり喫茶店につれていってくださったり、もちろん仕事を一から教えてくださったり……物腰もとてもやわらかく、人柄の良さがオーラとして漂っているというか、とにもかくにもいい人なのだ。

さて、ここでは高原さんとの会話を再現してみよう！　スタート！

「朝井さん、今日シフト午後二時まででしたっけ？」
「はい、そうです！」
「時間延ばすことできませんか」（唐突）
「えっと……実は木曜日は毎週二時四十分から授業があるんで、いつも二時あがりにしてもらってｒ」
「僕が代わりに授業出ますから」（唐突&意味不明）
「いやそれはちょっと……ははは」

「じゃあ二時にあがって、喫茶店にでもいきましょう」(決定)

何で⁉

私時間がないって言ってるのよドンチューアンダスタンド?

僕が代わりに授業出ますから、のあたりなど全く意味がわからない。いつもの論理的な高原さんの面影はそこにはなかった。喫茶店へ行きましょう、ではなく、喫茶店へ行くことになりましたとさ、的なニュアンスもどうかと思う。

高原さんの「必殺・話の流れ無視」に翻弄《ほんろう》されながらも、奢りだというので私はいそいそと喫茶店へとついていくことにした。二時までに決められた仕事を終え、高原さんの誘導で喫茶店まで歩く。このとき、高原さんの後ろ姿から何のメッセージも感じ取ることができなかった私の感受性が情けない。

さてここからは様々な衝撃が連続したため、会話を完全ノーカットでお送りする。


「朝井さん今日もお疲れ様でした。いつも助かっています」

「いえいえ、僕もここでバイトできてすげえ楽しいんですよ〜最近カワイイ子も入ってきましたし!」

「あー隣のデスクの子ですか。あの子カワイイですよね」

「ですよねー」

「朝井さん、率直に申し上げますと、明日会社つぶれます」

（朝井、二十年間生きてきて一番の「率直」を体験する。率直に申し上げますと、って言われてから心の準備する時間が皆無だったため、ん？　という表情になってしまう）

「……」（ん？　という表情の朝井）

「つぶれるんです」

「高原さん、それって倒産ってことですか？」（二度目）

「そうですね。社長も副社長もみんないい人たちなのに、うまくいかないもんですよね」

「そうですね……まだアルバイトの僕らはいいにしても……」

「武田さんとかはまだいけるって再建案を提示してきたりするんですけど、それもうまくいくかわからないんで。でもあの人は本当に頭がいいので、武田さんががんばってくださるならもしかしたらどうにかなるかも、と私は思っているんですが」

「あ、そういえば武田さん、さっき欲しいファイルがあるなら今のうちにＵＳＢに入れとけみたいなこと言ってました」

「ああ、じゃあ武田さんもあきらめてるんですねやっぱり……」（朝井、しまった！　とい

う顔)

(高原さん、ここで、社内のあいつはよくできる、あいつは仕事できない等の愚痴を漏らし始める。どうやらうっぷんがたまっていた模様。朝井、へえ、そうなんですかあ、知らなかったあ、の三つの奥義で攻撃をかわしつづける。しかしちょいちょい時間が気になる。今日は週一の楽しみ、体育なのだ。どうしても体育に行きたい朝井は、腕時計ちらちら作戦を決行する)

「もしまた新たに事業を立ち上げることになったら、武田さんにはぜひ参加していただきたいんですよ」

「そうなんですかあ」(腕時計ちらちら)

「社長もまだ若いし、以前勤めていたところをやめてまで立ち上げた会社なんで、どうにかサポートできないかと考えてもいて」

「そうなんですかあ」(腕時計ちらちら)

「あっ、時間大丈夫ですか?」(作戦成功)

「いやー実はちょっともう間に合わないくらいっすねえ〜もうそろそろ急がないt」

「じゃあいいですね。授業切りましょう」

（朝井、ここでも「必殺・率直」にやられ、動揺。目をぱちぱちさせてしまう。そしてまた訥々《とつとつ》と語りだす高原さん。しかしどうやら途中で、朝井が物凄くつまらなさそうな表情で話を聞いていることに気づいた様子）


「話変わりますが……現在朝井さん彼女いますか？」

「はあ……まあ……」（朝井、二十年間生きてきて一番の「話変わりますが」に動揺）

「僕いま彼女と一緒に住んでるんですよ」

（スッ、と自分の話に置き換える高原さん。もう何しても勝てない、と悟る朝井）

「へえ、そうなんですかあ、知らなかったあ」

「最近は仕事が忙しくて時間がなくて、けっこうヤバい空気だったんですよ……」

「……はあ」

「でも今度は会社がなくなって時間がありすぎてヤバいっていうか……ははは」

「はは……」

「……」

「……」

私はなんと言っていいかわからなかったので、率直に「ごちそうさまでした」と言ってダッシュで体育へと向かった。

なんてできるはずもなく、私は高原さんの相手をしつづけた。会社がつぶれるという事態を目の当たりにして、私の元気も吸い取られてしまった。「オフィスのみんなで鍋でもしようかって考えているので」と明らかに精神的闇鍋になるであろう提案をする高原さんの表情を、私はいまだに忘れられない。

何かまた新しいことをやろうってときは声をかけますね、と言われて以来、高原さんから連絡はない。いまどこで、何をしているのだろう。彼女とはまだうまくいっているのだろうか。気になるが、そこを率直に尋ねる気にはなれない私なのだった。

リアル脱出ゲーム

十二月二十四日……そう、クリスマス・イヴ。

皆さんは覚えているだろうか、二〇一〇年のクリスマス・イヴは金曜日だったことを。つまり、二十五日が土曜日だったのだ。日本全国どれだけのカップルが夜景の見えるホテルを予約したことだろう。この日ばかりは地下鉄のガラス窓も、恋人の腕に頬を寄せる女性の顔を映しだすピカピカの鏡のようだった。彼女は、それが世界で一番たいせつだというように彼氏の腕をぎゅっと抱き寄せるのだ。地下鉄が駆け抜けるまさにその上では、カップルたちが唇を重ねているかもしれない……。

私はその日、冬の木枯らしをコートの裾で搦《から》め取るようにして東京メトロ銀座線のホームをぱたぱたと走っていた。腕時計に目を向ける。ちょっとだけ、遅刻しそうだ。この寒い中、待たせてしまっているかもしれない。私は改札を駆け抜けながらマフラーを巻きなおす。今日はかなり寒いから、カップルたちはあんなにも体を寄せ合っていたのかもしれないな……。でも雪は降らなかったな、ホワイトクリスマスにならなくて残念だ……地下に吹き込んでくる風に目を細めながら、私は東京メトロ銀座線の階段を一段とばしでのぼっていく。斜め上方向に少し曇った空が見え、私の足の動きも速くなる。

たん、たん、たん。足音が地下階段によく響く。早く、早く、早く。気持ちが焦る。あと一段で地上に出る。新しいコートに冬の空気を思いっきり吸い込ませて、私はやっと地上に出る。

だって今日はクリスマス・イヴ。つめたいつめたい冬の中で、男と女が一番あったかくなる日――

「リョウおせえよ」

地上には私の所属するサークルを代表する独り身たちが集合していた。皆で暖を求めるように集まって、さみいさみいと言いながら首をすくめている。モノクロ写真を撮って「寂《せき》寥《りょう》」とでもタイトルを付ければ立派な作品になりそうだ。これから自分がこの光景の中に紛れ込むと思うと涙が出る。

「遅れてごめん……トイレ行っててさ……」という私の真っ当な言い訳もさらっと無視される。私たちはさみいさみしいさみいと言い合いながら明治神宮球場を目指した。

冒頭、少しでもロマンチックな空気を感じてしまった読者には、まんまと罠に引っ掛かったな馬鹿め、と言わざるをえない。私にそんなロマンチックな出来事など起こるわけないのだ。私は地下鉄乗車中、いちゃつくカップルのそばでわざとｉＰｏｄの音量を大きくしてシャカシャカ音漏れさせるという活動に勤《いそ》しんでいたタイプである。ちなみに、わざわざ

「東京メトロ銀座線」と述べたのも、「メトロ」に連なる「銀座」という言葉がオシャレでステキクリスマスっぽかったからにすぎない。これからステキクリスマスとは全く相いれない話が展開していくことが予想されるため、「クリスマス感が足りなさすぎる！」と危険信号が点《とも》ったらこの魔法の言葉を突如挿入することとする。

この日私たち七人は、「リアル脱出ゲーム」という体験型ミステリーイベントに参加することになっていた。「密室」と設定された舞台から脱出するために、舞台に隠された様々な謎を解くというゲームだ。これまでは廃校になった学校や病院などが舞台であったらしいのだが、このときの「密室」は明治神宮球場だった。

このゲームの存在を知ったその瞬間、私はチケットを予約した。全部で四日間ほど開催されていたと思うが、見事に十二月二十四日分だけチケットが売れ残っていた。私たちのためにあるようなチケットである。ちらっと友人に声をかけたら、青春真っ盛りのはずの二十一歳男女がサッと七人集まった。何と悲しい現象だろうか。また、私がチケットを予約した際、このエッセイの担当編集さんから「朝井さんリアル脱出ゲームって知ってますか？　参加する気ありませんか？　参加してみませんか？」という明らかに何か事故の発生を期待しているようなメールが届いたこともこの場を借りて報告しておく。

密室。隠された謎。脱出。タイムリミット。全てのキーワードが私たちの心を掻き立てる！　クリスマス・イヴ。独り身。イルミネーション。寒波。全てのキーワードが私たちの心を萎《な》えさせる。

どうやら神宮球場中に謎はちりばめられているらしく、体力、知力ともにフル活用する必要があるらしい。注意事項に「女子はヒール禁止」と書かれていたほどだ。「あたしＤＥＲＯ（密室謎解きをするバラエティ番組）で謎解きの予習してきたからね」「ＤＥＲＯって……」等と薄い会話をしながら私たちは会場入りを果たした。

参加者たちは球場の座席に座っていた。二百人くらいだろうか、ずらりと並ぶ頭を見て私は思った。皆、クリスマス・イヴに何をしているのだろう。「寒いね」「皆はどっかデートとかしてんだろうね」「あたしＤＥＲＯ見て予習してきたからね」この会話のループを何回か繰り返したあと、ゲームの支配人が球場の真ん中に現れた。てっきり白タキシードに赤ステッキに黒ハット、くらいの格好を予想していた私は、その気温のわりに薄着な支配人に少々拍子抜けした。

支配人からの簡単なゲームの説明のあと、脱出ゲームが始まった。舞台が球場ということで、電光掲示板には架空のナインの名前と点数が表示されている。あれが九回裏まで進んでしまうと、タイムリミット。脱出失敗となる。「あと何分」という具体的な数字は示されず、進んでいく試合の状況で残された時間を察するのだ。参加者には1から10まで項目のある問題用紙が渡される。その10の謎を解かなければ、この球場から脱出できないしくみになっている。ナインの名前や球場内の様々なものが謎解きに関わってきて……なんとも素敵な設定ではないか！　一瞬で燃え上がった単純な就活生セブンは、二人、二人、三人のグループに分かれて球場に散らばる謎を掻き集めることにした。

私は「ＤＥＲＯを見てきた」という薄い主張を繰り返す女子、もうデロ子でいい、デロ子とペアになった。デロ子と私はやけにやる気を見せ、球場中を走り回った。電話で他チームと情報を交換しあい、順調に謎を解いていく。なぜ急にダイジェスト映像のような文章になったのかというと、ここではなーんにも面白いことが起きなかったからだ。ただひとつ挙げるとすれば、デロ子の予習は全く意味をなさなかったことくらいだろうか。

これまで私たちの行動範囲は観客席のある一部分に限られていたのだが、ゲームが五回を過ぎたあたり、それ以外の場所にどばっと人が溢《あふ》れだした。どうやら、謎を解き明かしていくうえで新たなステージに進めるらしい。いわば、私たちがいる場所はまだステージ１ということだ。さらに、実は脱出するためにはステージ３まで進まなくてはならないという事実が発覚した。

私たちは焦った。目の前でガンガン参加者がステージ２へ進出していく。見知らぬ参加者同士の競争という様相も帯びてきた。そんな中、ある女子のひらめきでこれまでに見つけてきたヒントからこんな文章が浮かび上がってきた。

【はくいにばんざい】

私たちはギャー！　と叫んだ。白衣にバンザイ！　これだー！

「これって救護室にいる白衣の人にバンザイすればいいってこと!?」

私はつい大声で復唱してしまった。その途端、周囲の人たちが救護室へと走り出すのが見えた。仲間たちからは「この馬顔が」という顔をされた。

かろうじて私たちはステージ2に進んだが、そこからもう何もわからなかった。わからない。とにかくわからない。カイロももうあたたかくない。七回表、裏、八回表、裏、無情にもゲームは進んでいく。頭を働かせる。これまで読んだ推理小説の暗号解読トリック等を駆使しても、ステージ3に進むためのキーワードは姿を現さない。「わかったあ!」「やったあ」という声をあげながらステージ3へ歩を進めていく見知らぬ参加者たち。私たちはもうほとんど考えることを投げだしていた。だってわからないのだ。「わからないねえ」「ねえ」デロ子もお手上げである。「今日クリスマス・イヴだね」「そうだね」今更感漂う哀しい事実確認を行いながら、私たちは観客席のフェンスにもたれ、ステージ3に進んでキャッキャきゃっきゃしている参加者たちを眺めていた。「せめてあそこまで進みたかったねえ」「ねえ」脱出が絶望的となった今、我々の希望は早くあたたかいコタツに入ることだった。今は多くの人が売店に集まり口々に何かを頼んでいる。どうやら、ステージ3へ進出する方法は売店で何かを頼むことらしい。

「俺たち七人もいるんだしさ」メンバーのひとりが力無く言う。「全員で片っ端から頼んでいけば誰か当たるんじゃね?」そうかもね、とうなずきながらも、その行動を起こす気すら起きない。鼻水が出てくる。寒い。クリスマス・イヴに吹きっ曝《さら》しの球場で力無くフェンスにもたれる二十一歳の洟《はな》たれ男女七人。こんなものもう男女七人冬物語である。ダメだ、光景があまりにもステキクリスマスっぽくなさすぎる。東京メトロ銀座線。

「……もうさあ」

九回表が終わった辺りで、あるメンバーが呟いた。

「そこらへんの人に答え聞こうよ」

！

え、ちょっとそれは……と私が口ごもっている間に九回裏が終わり、ゲームオーバーとなった。謎を全て解き脱出に成功した参加者たちはもうこの場にはいないため、今ここに残っている人たちは皆、脱出失敗である。しかしステージ3で悔しがっている人たちにはどこか優越感のようなものが漂っているように見える。まだステージ2にいる私たちは彼らのように悔しがる権利もないという感じだ。それも当然、全体から見て我々はまだ50％の位置にいるのだ。「脱出したかったあ〜」等と悔しがっている場合ではなく今すぐ猛省するべきである。

脱出できなかった人たちはもとの観客席に戻ってくださあい、答え合わせをしまあす、という、気温の割に薄着な支配人の声で放送がかかり、私たちはトボトボと観客席へ向かった。ここに座ってうきうきと鼻の穴を膨らませていた数時間前がすでに懐かしい。あれから山あり谷ありだったなあ、と思ったが、よく考えてみると谷しかなかったと私はあわてて思い直す。ゲームオーバー間際に「そこらへんの人に答えを聞きたいんだが」という旨のカミングアウトをした友人は何事もなかったように答え合わせを楽しみにしている。あと一分本音を我慢していれば自然とゲームオーバーになり、人間性が滲《にじ》み出るようなカミングアウトをしなくて済んだのに……と思ったが私は何も言わず寒さに猫背を加速させていた。

「それでは脱出に成功したみなさんでーす！」

支配人の呼び声がきっかけとなり、わあああと二十名ほどの老若男女がマウンドに出てきた。観客席にいる冴えない私たちと、マウンドで騒ぐ脱出成功者たち。「格差社会」という赤い文字が私の脳内で点滅した。「うわあ……」「いいなあ……」ただの小さな座布団と化したカイロを未練がましくガサガサとさせながら私たちはつぶやく。そんな我々の情けない姿を目の前にして支配人と脱出成功者のテンションはうなぎのぼりである。

「脱出第一号はこの方たちです！」

バンと大きな球場スクリーンに映し出されたのは、なんと中学生男子二人組だった。

私たちはガックシと肩を落とした。まさに「ガックシ」という感じであった。マウンドでは脱出成功者のヒーローインタビューが行われ、「あんまり難しくなかったです」等と語る男子中学生二人の未来はキラキラして見えた。「そこらへんの人に答え聞こうよ」等とほざいていた当時就活生七人の未来は真っ暗である。まさに青春性春今が旬といった男子中学生ズを映すスクリーンを見ていると、この子たちはそこらへんの人に答え聞こうなんて一秒たりとも考えなかったんだろうなあ、確かに自分が十四、五だったころはそんなこと思わなかっただろうなあ、冬の寒さも今ほど感じていなかったかもなあ……と巡らせなくてもいい切なさと懐かしさに思いを巡らせ始めてしまった。

その後私たちは駅までの道に迷いながらも何とか帰路につき、私のアパート（六畳）でぎっちぎちになってまで鍋を囲み酒を飲んだ。そしてそのまま朝までテレビゲーム（しかもスーパーファミコン）をした。ハッピースイートメリークリスマスである。ちなみにデロ子は終電で家に帰った。「明日、朝イチで説明会があるから……」複数ある企業説明会の日程のうち、わざわざ二十五日という日を選択しているところに「スケジュール帳を埋めたい」というデロ子の必死さが窺《うかが》える。

そしてその翌日、共にゲームに参加したあるメンバーがツイッターでこう呟いていた。

【リアル脱出ゲームを就活の選考で使ってる企業あるよ！　みんなで受けようぜ！】

私は【俺たち七人全員落ちるから】とだけ返信し、某企業の面接に向かうため東京メトロ銀座線に乗り込むのだった。

ピンク映画館

大学生の夏休みは長い。そもそも大学生活が「人生の夏休み」と揶揄《やゆ》されているのに、その人生の夏休みの夏休みがとてつもなく長い。私の高校は夏休みが三週間ほどしかなかった(しかも、バレーボール部と体育祭の応援団の練習が毎日あったため、むしろ通常の学期よりも学校に通っていた)ため、大学の夏休みの長さには衝撃を受けた。だってほぼ二カ月である。八週間である。これまでの二倍以上の長さの休暇を与えられたところで、なかなかうまく消化できない。

もちろん、友人と旅行に行ったり免許合宿に行ったり、そういう時間の使い方もしてきたが、このとき私と男友達二名は目の前に広がる圧倒的な夏をどうしようかと思っていた。若竹のように力いっぱいしなり、私たちをどこまでも打ち飛ばしてくれそうな夏がそこにはあったのだ。二十一歳、大学三年生のことである。

男三人、私たちは結論を出した。

エロ映画を観に行こう、と。

ピンク映画、ポルノ映画たるジャンルがこの世に存在しているということは知っていた。しかし実家に住んでいたころは、まさかそれが自分の身ひとつで観に行けるものだとは思っていなかった。それらは、高校生でも簡単に手に入れることのできるアダルトＤＶＤや、ネットのアダルトサイトにある動画等とは、まったくわけが違った。なんせ映画だ。つまり映画館で観るのだ。「エッチなものを皆で共有する」というライヴ感は、街頭テレビ等を知らないモバイル世代の私たちにとっては一周まわって新鮮であった。そもそも性的なものを見るということ自体、自分の中だけに秘めておきたいことなのに、それをあえて知らない人たちと一緒に見るなんて……！　エッチスケッチワンタッチといった感じである。

ピンク映画、というアナログな響きに惹かれたわかりやすい文系男子三人組は、すぐに決行日時を決めた。八月一日。なんて幸先のいい夏の始まりだろうか。

私は待ち合わせ場所となったピンク映画館の場所をよく知らなかったため、最寄りの駅に到着するまでに携帯電話で地図検索をすることにした。なんて便利な時代なのだと思っていたが、映画館の名前で検索したからだろうか、その映画館にまつわる質問と回答が掲載されているページが表示されてしまった。いわゆる、知恵袋だぜヤッホー！　的なところである。

そこにはこんな質問が掲載されていた。

【●●●（私たちがこれから向かおうとしているピンク映画館）に行ったのですが、タバコ

を吸うのは何かの合図なんですか？】
お、と私は目を留めた。嬢ちゃんちょいと待ちな、という感じである。
質問はこう続いていた。
【席はガラガラ、壁には大きく禁煙と書いてあるにもかかわらず、わざわざ僕の近くの席に座り、葉巻を吸う人がいました。その後も数人同じような行動をする人がいました。帰る時にやはりこちらを見ながらタバコを吸う男性がいたのです。
場所柄、たまたまなのか、あるいは何かの合図なのでしょうか】
帰ってドーナツでも食べるお♪　と私は思った。
怖い！　何じゃこの質問！　電車の中で焦る。合図って一体何じゃー！　携帯のボタンをカチカチとしまくり、画面を下へ下へとスクロールする。するとこんな回答が出てきた。
【ベストアンサーに選ばれた回答
合図である可能性が高いです。とある場所でつめを噛むしぐさがシンナー売買の合図だったことがあります。それがテレビで報道されてから警察の目が厳しくなった為、今度は合図を変えて地下にもぐったのかもしれないですね。この人たちの合図は明らかに不自然なことが特徴です。

視線を合わせなければ交渉が開始される事はないと思うので、真っ直ぐにスクリーンを見ておくのが良いです】

さすがベストアンサー！

世の中にはボランティア精神にあふれた人がいるものだ。私は感動した。このベストなアンサーのおかげで、恐怖に震える馬顔がひとり救われた。そうなのか、目を合わせなければいいのか！　なんて簡単なのだ！　たとえ普通の社交場であってもそもそも他人と目を合わせない私なのだから、そんな回避の仕方はお安い御用である。むしろ、ピンク映画館は私に向いているともいえよう。私は意気揚々と待ち合わせ場所へと向かった。シンナー等、薬の売買が行われているかもしれないという事実は多少私を怖がらせたが、ピンク映画初体験という響きのほうが私を強くひきつけた。

待ち合わせ場所にはすでに二人の勇者がいた。堂々とした立ち振る舞いから見ても、すでに彼らにしか抜けない剣でも手にしていそうだ。まさかこれからピンク映画を観に行くとは誰も思うまい。便宜上、ひとりをA助、もうひとりをB彦とする。A助は髭《ひげ》をたくわえた見た目は渋めの男、B彦はぱっちりとした目の少年顔である。ちなみに私は馬顔である。

私は二人に、このサイトから得た知識をこれみよがしに披露した。「……だから、隣に誰か座ってきても目を合わせなければ大丈夫」等と、さも自分の知識かのように吹聴すると、A助が言った。

「じゃあ三人ばらばらに座って、誰が一番アプローチされるか競おう」

どうしてそうなるのだろう。その結論は何なのだ。大学生の脳ってこわい。私は「それはいやだ」と面積の広い顔いっぱいに訴えた。正直、映画館の入り口の時点で私はビビっていたのだ。地下に続く階段、ドラマの中でしか見たことのないような艶っぽいポスター、そして何より奥のほうからゆらゆらと漂ってくる未知の雰囲気。この二人がいたからここまで来られたようなものなのだ。ひとりでは絶対に来なかっただろう。そんな場所なのに、三人ばらばらで座る？　どうしてかしら？　A助よ、そのあなたをあなたたらしめている髭を根こそぎ引っこ抜くわよ？　私はB彦が拒否してくれることを願ってB彦をチラ見する。

「いいよーやろお」

B彦は軽い。つぶらな瞳は基本的に何も考えていないようにも見える。河原でバーベキューをしたときも、替えの服も何もないのにとりあえず涼を求めて川へ入っていき、そののち「替えのパンツないや」と笑っている男なのだ。この二人の手前、私は「そんなの愚の骨頂だ」と主張することはできず、なんとなく三人ばらばらに座ることになってしまった。

映画館に入る。外に喫煙所があるところを見ても、やはり中は禁煙みたいだ。券売機でチケットを買い、ダルそうに受付に座っているお兄さんにそれを見せる。三本立てであるため、拘束時間はなかなかのものだ。

客席は、七十くらいだろうか。普通の映画館よりも狭い。館内は暗く、客は八人くらいしかいない。知恵袋だぜヤッホー！　的なところに書いてあったとおり、隣同士座っている人はいない。やはりここは仲間と連れ立ってくる場所ではないようだ。学生ルックの者もいない。みな、ある程度の距離を保って座っている。

A助はさっと左端のほうに座った。心のどこかにあった「結局集まって座るのでは」という私の甘い期待は打ち砕かれる。B彦も右のほうにさっさと座ってしまった。こいつら……と思いながら私は、B彦寄りの席にどっかと腰を下ろした。

映画が始まった。ピンク映画というだけあって、男女が様々な場面でおっぱじめる。それにも十分ほどで慣れてしまう。なんというか、期待していたほどのエロさはなかった。行く先々で夕立につかまって、ああまた降られちゃったなあ、という感じである。焦《じ》らしや、始まる前のドキドキした感じが全くないのだ。いつのまにか始まり、いつのまにか終わる。それが短いスパンで繰り返される。

正直、一本目の時点で私は飽きてきていた。そして画面を見つめながらぼーっとしていたら、ある異変に気が付いた。

一組、隣同士に座っているおじさんたちがいる。

私は全身にザッと鳥肌がたったのを感じた。いまこの状況を即知恵袋に投稿してベストなアンサーを得たい、と思った。さっきまで、隣同士座っている人などいなかったのである。明らかにどちらかが席を移動したとしか思えない。後ろ姿から見るに、二人組のどちらも四十代くらいのおじさんである。

何のために？　これから何が行われるの？　私の頭の中で、先程の知恵袋で見た「シンナー」「売買」という言葉が点滅する。心臓が早鐘になる。これはまさか、本当にそういうことが行われるのか⁉

私はできるだけその二人組を見ないようにしていた。見ていることを勘付かれるのもよくないと判断したからだ。しかし、パッと明るくなった画面に客席が照らされた瞬間、私は見てしまった。

おじさんが、おじさんの股間に顔を埋めとる‼

ここは読者の皆様に想像していただきたい。文藝春秋発信の本であんな単語を書くわけにはいかないのだ。隣同士だった二人が対面、いや面対股になっていたということである。私は一瞬でそのすべてを理解した。私の読みはとことん甘かったのだ。さらに言うなら知恵袋のベストアンサーさんも甘かったのだ。そこではシンナーの密売とはまた別のベクトルへ伸びる取引が行われていた。

私はA助とB彦に熱い視線を送った。しかし席が離れているため、二人に現状を伝えることができない。角度的にも、リアル版ピンク映画は私の席からしか見えていないといった感じである。だけどベルトの音カチャカチャしとるやろ気付けええええええ！　という私の念もむなしく、一本目の映画は終わった。

私はロビーに集合をかけた。気分はさながら部活のコーチである。

「見た!?」

私の問いかけに、二人は首を横に振る。とんだバカ者たちである。私はいま見たものの一部始終を話した。もう三人離れて座ることを避けるためである。私たちはそういうことが目的でここにきたわけではない。ただ、夏の始まりにエロい映画が観たかっただけなのに！　私は二人に訴えた。ここを出るか、三人一緒に座ろう、と。

「え、やだ」

二本目が始まるころ、私たち三人は再びバラバラに座っていた。私はバカな友達を持ったことを後悔してうなだれていた。あいつらはわかってない、わかってないんだ……。

それからの私は存在を消すことに全力を注いだ。映画の内容も頭の中に入らない。ただそこに座っている泥人形に成り果てようと努めはじめて三十分くらい経ったころだろうか、私は、ふ、と左端のほうに座っているA助の姿をチラ見した。

そして固まった。


A助の座席の真後ろに、おじさんがまっすぐ立っている。


でーい！

でーいでーい！　と視線を送るが、A助は全く気付かない。それははたから見ているとなかなか壮観であった。誰かが真後ろに立っていたら気配等感じそうなものだが、背もたれで背中がほとんど隠れてしまっているためか、A助は全く気付いていない。

そして、ゆっくりとそのおじさんが動きだし、A助の隣に腰を下ろしたのを私は見た。おじさんの手がA助をA助たらしめている部分へと伸びているのも、ばっちり見た。

頭の中でパンパカパーンとファンファーレが鳴り響き、私はA助のこれからに幸福と希望が満ち溢れんことをお祈り申し上げた。A助はいま心のヴァージンロードを歩いているのだ。見知らぬおじさんと手をつないで。

私は目をそらしてあげることにした。今日はA助の記念すべき日、B彦と赤飯でもおごってやろうと心に決めた。そしてA助が素敵なことになった途端、私の心の中はなぜかすっきりしていた。なんとなく、もう私とB彦には何も起きない気がしたのだ。私とB彦はまっすぐに画面を見つめる。映画に集中していると、むしろ、A助のことなど忘れてしまうくらいだった。十分ほど経ち、A助がデビュー戦に挑んでいる最中であることをふ、と思い出した私は、枯れ木のようになったA助がその場にうなだれているのを期待しながら、また目線だけでそちらを見た。

A助とおじさんは談笑していた。


意気投合しとる！

もう何が何だかよくわからない。私はそわそわした。早く映画よ終われ。早くA助から話を聞きたい。

映画が終わり、私たちは即映画館を出た。「何されたの!?」「ねえ何されたの!?」私たち三人はラーメン屋に行こうとしているはずなのだが、動揺しており、同じところをぐるぐると歩き回ってしまう。

A助曰《いわ》く、「見た目は白髪のショートヘアで妙につやのある肌、団子っ鼻でベージュっぽいスラックスに白系のチェックシャツ、中肉小柄で不潔感のないおじさん」が「おれのを触りたいみたいだった」が、「太ももを触られたあたりで怖くなってつい話しかけると、うっかり仲良くなった」そうだ。ここまで細かくおじさんのことを観察していたところから見ても、A助の只者《ただもの》ではない感じがうかがえるだろう。しかもおじさんは最後、「隣で変なことしてごめんね」と謝ったというのだ！　なんと紳士なのだろう。おじさんのあまりの紳士ぶりに、A助のデビュー戦を見て見ぬふりをしていた私とB彦は閉口した。私たちのほうが断然最低である。

　結局これで私たちのピンク映画館体験は終了したのだが、あれからA助は、終電をなくした渋谷のマクドナルドでホームレスのおじさんにチューされたりしており、仲間内でもそういうモテ方において一目おかれている感じになっている。私はそれが悔しい。

地獄の500キロバイク

埼玉県本庄市から早稲田大学大隈講堂まで、百二十五キロの道のりをひたすら歩き続けるという愚かなイベントに参加した記録「地獄の100キロハイク」を覚えている方はいらっしゃるだろうか。あのときは辛くて辛くて仕方がなく、もうこんなこと二度とやるかバカヤロー解散！　といった感じだったのだが、同時に、「こんなの……初めて……っ」というような人生イチの絶頂感を味わったことも事実だ。

私はあの絶頂感を忘れられなかった。あの快感なしでは生きていけない立派なドMになってしまったのだ。

そのタイミングで、この夏、アメリカのコロラド州に留学していた友人Yが帰国した。Yは自然いっぱいのコロラド州で「ホストファザーと山の中を走り回り、ほてった体を湖で冷やしてから後半戦に突入する」というような日常を一年間経験していたため、完全なアウトドア馬鹿と化していた。

Yは帰国するなり私に言った。

「東京から京都まで、自転車で行こうよ」

「もちろんさ」

私は器の大きな答えを叩きだした。頭がおかしかったと言える。

私たちの行動は素早かった。地図を購入し、自宅から京都までの道のりを細かく確認する。山の位置をチェックし、夜間に山道を通らなくてもいいようにスケジュールを組み立てていく。周囲の自転車乗りから「初心者は一日一〇〇キロ以上こがないほうがいい。ハンガーノック現象が起きるから」とよく分からないが何だか怖い現象が混入した釘を刺されたので、走行距離が一〇〇キロ未満になるように地図上の道路を分割していった。基本的に国道一号線に沿っていくようだ。地図上では京都まで五〇〇キロ以上あるので、余裕をもって六日目で着くようにした。

「着いたね」「着いた」私たちはこの時点でもう京都に着いた気でいた。素晴らしい計画性に溺れていたのだ。青函トンネルを乗用車で通れると信じたうえでOBONという概念を失念し北海道に行きそびれた猫背と同一人物だとは誰も思うまい。旅の成功を確信したこの時点で、まだ肝心の自転車を手に入れていなかったことに今になって驚愕する。

涙が出るほど高かった念願のクロスバイクを出発二日ほど前にやっとゲットし、自転車旅用のグッズも調達した。「まず形から入ろう」ということで私はピチピチのスポーツスーツのようなものも揃えた。いざ着てみると見事に乳首が浮いたので、そのインナーもゲットした。出発前にしてすでに想像の範疇《はんちゅう》をドカンと超える出費だ。

私はかつて春に京都を訪れたとき、桜の咲く鴨川沿いを自転車で走る学生の姿を三条大橋の上から見下ろして、ものすごく羨ましく思ったものだ。あれをやりたい！　ということで、今回の旅のゴールは三条大橋に設定された。桜は咲いていないが、自転車で鴨川沿いを駆け抜けることはできる。今回は、当時、随時残していた携帯メモと共に、九月二十二日から二十八日までの無謀な旅のことを記したいと思う。

◆一日目　東京都新宿区～神奈川県小田原市小田原駅

自転車の旅ということで、荷物の軽量化は必須だ。ということで私はまずウエストポーチの中にトイレットペーパーを詰め込んだ。お腹が弱いという属性は旅のときにほんとうに損をしていると思う。こうして、腰への負担を考慮して選んだウエストポーチはパンパンになった。１００キロハイクから何も学んでいないように見えるかもしれないが、またどこかの民家に駆け込み一家団欒をぶっ壊すよりはマシである。

Yとは以前、五日間ほどテント生活をした仲なので、今回もテントさえあれば宿なんてどうでもいいと思っていた。しかし、財布、携帯、地図、飲みもの、軽食、そして何よりトイレットペーパーでウエストポーチにはもう何も入らない。つまり、そのほかの荷物を、自転車の荷台に紐でくくりつけられるサイズの袋ひとつにまとめなければならない。痔《じ》防止のために臀部《でんぶ》にクッションが搭載されている下着をはじめとする、一週間分の衣類はもちろん、パンクしたときのための修理キットやチューブもある。また、クロスバイク初心者という今さらすぎる不安材料も相まって、前日から私は壮絶な絶望感に包まれていた。まさに「地獄の100キロハイク」前夜にもこういう気持ちになり、バッグの貴重なスペースにトイレットペーパーをブチ込んだことを覚えている。私はこのように、前日の夜、へのへのもへじのような表情になるようなプランを立てることが多い。

今回運命をともにすることになるYは小金井市に住んでいる。私は新宿区に住んでいるので、まずはそれぞれが最短距離で神奈川方面に向かい、その交点である尻手《しって》駅で落ち合うことにした。そこまで二〇キロ近くはひとりで行くのだ。いきなりへのへのもへじ加速である。

クロスバイクとはママチャリよりは遥かに走りやすいが、ロードバイクのようにレース用に作られたものではない。とはいえサドルの位置はママチャリに比べるとかなり高めなので、常に上半身は前傾姿勢となる。そのため、腰、尻への負担はナメてはいけないから気をつけよ、と聞いてはいたものの一〇キロと進まないうちにもう腰が痛くなってきた。なんということだ。日頃からパソコンに向かっていた日々がこんなところで効いてくるとは。

しかしこのころ私は相当元気で、多摩川大橋でセルフ記念撮影をしたり、途中で朝マックをしたりと誰に向けるでもなく余裕アピールをしていた。二時間ほどで尻手駅に到着し、Y

と合流する。ふたりともヘルメットに短パンというエセライダー姿であったため、合流したことでさらにテンションが上がり、尻手駅のバス停の前で写真を撮るというよくわからないことをした。

神奈川県に突入し、ドでかい横浜駅を通り過ぎてしばらく走り続けると、藤沢市や茅ヶ崎市など、海なし県出身者にとっては麻薬のような地名が続いた。やがて、国道一号線は海沿いに出る。単純な私たちはそこでも写真を撮りまくり海から強烈なエネルギーを吸収したため、正直、初日は楽勝だった。行きずりの女性と一夜、なんていつものような素敵エピソードを期待していた読者には本当に申し訳ないと思う。地図を頼りにしていけば迷うこともなかったし、なんだい新宿から小田原って意外と近いじゃないかとすら思った。だって十時間ほどペダルこぎ続ければ辿り着くのだ。大学の授業が五限、すなわち十六時半からだとしたら、朝六時前に家を出れば自転車通学も可能である。

しかし、宿の問題があった。テント持参は無理だとわかったとき、私たちは「夜はカラオケとか漫喫でいいっしょ」とほざいていたのだが、汗の量や足の疲労を考えると、やはりシャワーを浴びちゃんと足を伸ばして眠りたかった。しかし小田原駅周辺には城しかなかった。とりあえず城には行ってみたものの、そこにはまさに城のみが聳《そび》え立っており、何の解決にもならなかった。雨も降ってきて、ちょっとどうしようという空気になったのだが、私には小田原に住んでいる友人がいた。Yとは「どうしよっか」と話しておきながら心のどこかではその友人が泊めてくれるだろうとタカをくくっていたのだ。

「実は小田原に住んでる友達がいるんだよね」と鼻の穴をふくらませた私は早速その友人に電話をした。しかし、「今日は無理」かつ「小田原は意外とカラオケも漫喫も少ない」という事実を突き付けられたのち、「京都まで行くの？　前から思ってたけど……頭悪いよね」と言われた。残念無念とはこのことである。

結局ビジネスホテルを探し、朝食を買い込みすぐに寝た。酒豪のYはビールを飲みアルコールで疲労をうやむやにしていたが、私はそんな睡眠導入剤を使用することもなく泥のように眠った。

明日は二日目にしてすでに山場、箱根越えが待っている。

◆二日目　神奈川県小田原市小田原駅〜静岡県静岡市静岡駅

峠《とうげ》とは、よくできた漢字である。箱根越えを経て私はそう痛感した、だって、「山」「上」「下」が合わさっているのである。まさに箱根越えは山を上下する作業であった。

この日は静岡駅まで行かねばならない。距離にして、ほぼぴったり一〇〇キロだ。道に迷ったりでもしたら一〇〇キロ超えもあり得る。あのハンガーノックとかいう洗濯物みたいな現象に見舞われる危険性があるのだ。また、最大の難所といわれる箱根峠が待っている。

東海道の三大峠は、箱根峠、薩埵《さった》峠、鈴鹿峠だといわれている。私たちの辿る道程の中にその三つは見事にすべて含まれているのである。初心者ライダーかつ頭が悪いとこういうことになるのだ。

朝六時にホテルを出発した。どうやら、峠を越えてもそこから静岡駅まで六〇キロ以上あるらしい。ということは、午前中には峠を越え終えていたい。私たちはそう計画し、まずは峠のふもとまでひたすらに自転車をこいだ。

山道は突然やってきた。小田原市街を抜けると、急に温泉街が姿を現す。ちょいと心の準備をさせてくれよといった感じである。近くのコンビニで大量の水分とカルシウムバーのようなものを買っておき、いざ峠越えに挑戦だ。

坂道を上り始めたころ、私とYは「マイナスイオン！」「気持ちいー！」「まだ朝の八時半だぜ！」とか言いながら上機嫌であった。なんだなんだ、思っていたほどの急勾配《こうばい》ではないではないか。さすがクロスバイク、ギアチェンジが八段階もあるので、まだまだ余裕のよっちゃんといった具合である。昨日湿布を貼って寝たため、足の痛みも全くない。

んだよ意外と軽ィな、と峠を甘く見た私は早速Yを置き去りにした。受験は団体戦などよく聞くが、峠越えは完全に個人戦である。私には、「自転車を引いて歩かずに箱根越えをする」という目標があったのだ。自転車から降りその場で休むことはあっても、絶対に自転車を引いて歩きたくはなかった。自らに課したこの目標が、後々影響を与えてくることになるとも知らずに、私はこまめに休みながら自転車をこぎ続けた。

しかし一時間も山道をこぎ続けると様相は完全に変わってきて、途中、ものすごい急勾配のところもあり、ＣＧで自転車を消したら立ち上がった犬みたいになっていたときもあった。箱根駅伝のすごさを肌で感じた。ここをあんなスピードで走りぬけるなんて……と飼い主に媚びる犬のような姿勢で痛感したものだ。大量に買っておいた水分も底をつきそうになったが、山道に売店はない。腹が減ったが、もう食料もない。ただただ一番軽いギアで自転車を立ちこぎしまくるしか道はないのだ。

途中、「ここから先、七曲り、１・２キロ。勾配10％」という、ゲームオーバーを告げるような看板が現れたとき私は「……勘弁してよ……」とひとりごちた。Ｙのデジカメの中にもこの看板の写真ははっきりおさめられており、Ｙはそのときのことを、のちに「よくこんなことが言えたなと思って撮った」と語った。

どれくらい坂道をこぎ続けただろうか。それなりに標高が高いため酸素が薄く、心臓はバクバク、頭はクラクラ、全身汗だくの状態であった。もう我慢できないと立小便をしているあいだに後ろからやってきたＹに追いつかれた。

やがて芦ノ湖《あしのこ》が見えたとき、私たちは叫んだ。芦ノ湖まで来たらもうあとは下り坂が続く、と聞いていたからだ。

そしてついに、静岡県・函南町《かんなみ》・箱根峠標高８４６メートル、という、縦に三つ並んだ看板が目の前に現れた。箱根峠の一番高いところに、やっと辿り着いたのだ。

そこからひたすら続く下り道は信じられないくらいに気持ち良かった。三時間近くかけてこぎ続けた上り坂を、三十分ほどで一気に下ってしまうのだ。Yと「いかに自分たちがすごいか」を語り合いながら、全くペダルをこがなくてもガンガン進むことができたあの時間は忘れられない。

当時の携帯メモにはこうある。

【箱根峠に挑戦するときに決めていたふたつのことは守り通せた。ひとつは「絶対に自転車を引いて歩かない」。もうひとつは「野糞をしない」。】

私はこの下り坂でものすごく胸を撫で下ろしていたのだ。山道、もちろんトイレなどない。どれだけ私が不安だったか想像してもらえるだろうか。きっといまあなたが想像している何十倍も、私の肛門括約筋は不安がっていた。かわいそうに。そっと抱きしめて愛を囁《ささや》いてあげたい。

自転車を引かない、という目標と、野糞をしない、という人間の尊厳を守り通した私はそのまま函南町を抜け、静岡県三島市に突入した。峠を越えたのと同時に神奈川県は終わり、静岡県の始まりだ。

ここで私の精神状態に変化が訪れる。

自転車に飽きたのだ。

そりゃもう昨日から一五〇キロ近くこぎ続けているのだからそうなるのも当然だ。もともと自転車が好きだった人間ならまだしも、ただノリで京都まで行くと決めたため、別に自転車に乗るという行為そのものが好きなわけではない。重要な気づきである。当時の携帯メモを見てもそれはわかる。

【三島大社に寄り、静岡県富士市をひたすら走る走る走る！　クソ田舎】

三島大社、富士市でテンションが上がったと見せかけておいて「クソ田舎」と急に言い放つあたり、精神状態がブレているといえよう。静岡県民の皆様には本当に申し訳ないが、私はこの旅で静岡県と犬猿の仲になったと自負している。

また、飽きの他に私を苛立たせる要因はもうひとつあった。それはYである。この旅を通じて、地図係は私であった。地図を確認しながら自転車をこぐというのは、これが意外と莫大なストレスなのである。道を間違えるようなことがあれば自分にイライラするし、地図を見るために定期的に自転車を止めなければならないというのは相当辛い。

静岡を駆け抜ける間はすぐとなりに太平洋が広がっており、それはそれは本当に美しかった。しかし内陸に戻らなければならないタイミングがあり、私はその道を地図で確認していた。そして、後ろを走るYに大声で伝える。

「この細い道進んだら一号線があるから、合流するよ」

りょうかーい、とYは言った。海から離れ我々は国道一号線に戻る。そこには青文字で

「40」と書かれた標識があった。縁が赤くて丸いアレである。それはもちろん、この道の最高速度は40キロですよ、という意味の標識だ。

「リョウ、リョウ！」

後ろでYが何やら喚《わめ》いている。どうしたのだろう、と私は自転車を止めた。

「ここ四〇号線だよ！　間違ってるよ！」

私は鬼の形相《ぎょうそう》で振り返った。

このときすでに旅は二日目であったことを考慮していただきたい。私があれだけこまめに地図を確認して、最短ルートで効率よく進めるように工夫かつ努力していたのに、こいつは今まで「三〇号線と四〇号線を交互に走っているなあ」と鼻ちょうちんをふくらませながら思っていたのだ。「この標識ずっと四〇号線って意味だと思ってたの⁉」あんたバカァ⁉と力を振り絞って叱咤すると、Yは「四〇号線は日本で一番はじめにできた国道で、だからこんなにもいっぱいあるんだと思ってた」とのたまった。衝撃である。ゆとり世代を目の当たりにした瞬間であった。四〇号線に関する話がここまで出来上がっていたとは、むしろここは本当に四〇号線なのかもしれない。

ピリピリしたムードを引きずりながら、箱根峠を含め十一時間、九七キロほどこぎ続け、やっとの思いで私たちは静岡駅に辿り着いた。「静岡」という文字を見ると、思えば遠くへ来たもんだという気持ちになった。二日間自転車をこぎ続ければ東京から静岡に来られるのだ。一日おきに授業を取れば自転車通学も可能である。

二日目が終わったこの時点で私は、三日目、四日目の精神状態に不安を覚えた。中だるみ、という言葉をそのまま味わうのではないかと、自転車への飽きを通じて予感していたのである。

◆三日目　静岡県静岡市静岡駅～静岡県浜松市浜松医大前

【膝が壊死《えし》】

絶望的な携帯メモから三日目を始めさせていただく。自転車をこぎ進めることに飽きている場合ではなかった。このメモからも分かるように、三日目、私の膝は壊滅していた。原因は確実に峠越えである。一度も自転車を引かない、というよくわからないプライドがここにきてわかりやすく体に影響を与え始めたのだ。こぐたびに、右膝がきしきしと痛む。でもこがないわけにはいかない。一秒間に一度は痛いというのは、想像以上に大きな精神的ダメージとなった。

この三日目というのが、本当に、心の底から辛かった。一日中自転車をこいでいるのに、静岡県から抜けられないとはいかなるものか。静岡県よ君はどれほど面長《おもなが》なんだと問いただしたい。面長という点では私はかなり負ける気がしないのだが、静岡県はそれを遥かに上回るだろう。もうここで静岡県に対して言いたいことを全て書く。

まず長い。君はどれだけ自転車をこがせる気なのだ。あと大体が山ではないか。こちとら前日からずっと静岡県を走り続けているのだ、もうちょっとバラエティに富んだ景色を提供してくれてもいいのではないか。まだある。たとえば箱根峠や鈴鹿峠はしっかりと地図に載っている。だから、日が暮れてから山道を走る、という状況をあらかじめ避けることができるし、心の準備もできる。しかし静岡県はどうだ。いきなり中山峠とかいう全く知らない峠が現れるし、ていうか静岡県がもうひとつの峠みたいなものではないか！　いずれ私は峠に阻《はば》まれて永遠に出会えない恋人たちの物語を、ここ静岡県を舞台にして書くだろう。自転車に乗って道に迷ってしまう男の心理描写になら自信がある。

いくつか山を越え、道もわからなくなり、もうどうしていいかわからないほど疲労したときはとりあえず交番の前で寝転んでみたりした。すると近くに住んでいるらしきおじさんがやってきて、「どこから来たんだい」と訊いてきた。私はこのとき本当に頭も体も疲れていて、東京からですへへへ、と答えるだけで精一杯だった。駐在さんはパトロールに出ていて交番はもぬけの殻だったし、もうこの際このおじさんでもいいから助けてくれ、と思っていた。するとおじさんは、「僕の隣の家の人は、今日お台場に行っているんだよ」と何でもないようなことが幸せなんだと思える日常の一コマを転がして去っていった。心の底からどうでもよかった。

やっとの思いで辿り着いたこの日の宿は、ビジネスホテルではなく、Yの幼馴染が暮らすアパートだった。その幼馴染くんは医大生のため、アパートの近くに病院があり、私は思わず駆け込みそうになるのを必死に堪えた。コンビニで食料を、ドラッグストアで湿布と塗り薬を大量に買い込み、アパートへと向かう。しかも幼馴染くんはちょうど旅行中だったため、家主のいないアパートに勝手に転がり込むといった具合だ。なんて優しい人なのだろう。Yはまだしも私は会ったことも話したこともないのだ。さらに、この幼馴染くんの旅行先というのが京都というのがまた悲しい。

そして旅の折り返し地点で、メモによると、私はこんな精神状態になっていた。

【浜松市のアパートに到着。家主は医大生で、震災を経て変化した医療に対しての思考をまとめた紙とか、毎日大量に出る課題の締切とかが壁に貼ってある。人生において成し遂げようとしていることが違う。自分は人生かけて何を成し遂げようとしているんだろう】

まずは京都に辿り着くことだろこのゆとり、と当時の自分に全力でツッコミを入れたい。しかしこのとき私は心の底から幼馴染くんのことを尊敬し、かりんとうと双璧《そうへき》を成すくらい日焼けをした自分のことをゴミクズだと思ったのだ。大学四年間で何を学んだかと聞かれればモゴモゴと口ごもってしまうような私は、全く知らない単語ばかりの背表紙が並ぶ本棚とか、そういうものがとても苦しかった。しかしその幼馴染くんの部屋のテーブルに足を載せた状態でこの尊敬のメモを残したことは覚えている。ごめんなさい幼馴染くん。間違えてあなたの歯磨き粉を持って帰ってしまったことも併せてごめんなさい。

三日目の夜、疲労のピークに達していた全身に関節痛や筋肉痛に効くという薬を塗りたくった。このままでは疲労からくる痛みにより眠れなくなると思ったからだ。しかし、何重にも塗ったその薬により全身が燃えるように熱くなり、結局布団の中でもがき続けることになった。私はジャンヌ・ダルク、と前世の存在を確信したあの痛みは忘れられない。幼少期、熱帯夜で眠れなかった日に「スースーするかも」と全身にキンカンを塗りたくった結果、九死に一生を得たという経験を持つYからは軽蔑の視線が絶え間なく注がれていた。この日の最後のメモはこうだ。

【明日は愛知県知立《ちりゅう》市まで90キロほど。心から思う、京都とは新幹線で優雅に行くものだと。】

◆四日目　静岡県浜松市浜松医大前〜愛知県知立市

四日目にもなると、精神のブレがメモにも現れてくる。いくつかを紹介しよう。

【四時起きにも慣れた。浜松市の朝焼けを走り抜け、浜名湖に到着。このあたりの道、走り

やすすぎてセシルがありがとうと言っている。】

いつしかクロスバイクに「セシル」と名前を付けたらしい私。買われて二日目から、何の知識もなく一切メンテナンスもしない主《あるじ》に何百キロと乗り回されたセシルは、ありがとうとは絶対に言っていなかったと思う。

【道中、大東文化大学のふたりと友達になる。彼らは大阪まで行くとのこと。旅の記念にと写真を撮ってもらったらめっちゃ指入ってる許さない】

記念写真に厳しい私。一体どんな表情でこの後半を携帯に打ち込んでいたのか想像すると少し怖い。三日目あたりから見知らぬ人に声をかけてもらうことが増え、それがとても楽しかった。休憩のためコンビニの前で座り込んでいる私たちに「どっから来たん？」とトラックの運ちゃんが話しかけてくれ、その東海地方独特のイントネーションに嬉しくなりながら「東京です」とドヤ顔で答えるあの気持ちよさ。しかしその運ちゃんはドン引きした顔でそのままトラックを発車させてしまった。あの引き顔はなかなか忘れられない。

愛知県の豊橋市に入る。愛知に突入したら絶対にひつまぶしを食べると決めていたため、それがエンジンとなり、私たちは速度を落とさずに進むことができた。ネットで見つけておいた創業八十年の名店「かねぶん」目がけてセシルの尻をひっぱたく。

【創業80年の名店「かねぶん」で極上ひつまぶしを頂く】

写真を載せられないことが本当に残念なくらい、もうめちゃくちゃおいしかった。実は、その土地ならではのものを食べるのはこの旅で初めてだったことに気が付く。何だそれは。そうなってくるとこれはもう旅ではなくただの「移動」である。

そしてここ愛知県で事件は起きた。メモにはこうある。

【高校時代を思い出すコメダ珈琲でシロノワール。Yが壊れる】

名古屋名物シロノワールを食し、かなり満足した私とYとセシルとシルク（Yのクロスバイクの名前）は店をあとにしようとした。レジに立ち、お会計をする。

支払金額がレジに表示されたとき、後ろに立っていたYが喚いた。

「ウィー!!」

サッカー選手がゴールを決めたときさながらの叫びであった。私は一瞬戸惑うも、食料も摂取し、これからもまだ続く旅のために自らを鼓舞しているのだろうと、さほど気に留めなかった。

セシルとシルクは店の外のフェンスに、鍵でくくりつけてある。私とYはカチャカチャとその鍵を外し始める。ここで、ナンバー式の鍵を外しながら、Yはこう言ったのだ。

「てじな〜にゃっ♪」

これは!!

私はサッとYのほうを振り返る。すると、不安そうな顔をしているYと目が合った。Yは小さな声で言った。

「今、てじなーにゃって言ったの、誰……?」

お前だよ‼　と私はYの肩を摑《つか》み揺さぶった。「ほんとに?」「ほんとだよ!　しかもちょっと本家に似せてたよ‼」Yはそんなことをほざいた記憶はないと主張し続ける。脳内を漂っていた「てじな〜にゃっ♪」の残響で我に返ったのだと言う。先程の「ウィー‼」について問い詰めてみても「記憶にございません」の一点張りだ。これは何とも怖い。人間は疲労が限界に達すると、一度ファンタジスタを経由して山上兄弟に成り果てるということがこの旅で発覚した。

Yはこの日の夜も、ひつまぶしの名店「かねぶん」でゲットしたおつまみを片手にガンとビールを呷《あお》っていた。私はまた全身に塗り薬を施しベッドの上で暴れ回り、シャワーで薬を洗い流そうと試みる事態にまで陥っていた。もうこの旅も後半戦である。

◆五日目　愛知県知立市〜三重県亀山市

【速報：痔】

私はこのときのことを忘れない。

確かにずっと尻は痛かった。でもそれは臀部全体が痛んでいる、もはや傷んでいるのだと私は思っていた。そりゃ四日間ずっと自転車をこぎ続けていればそうなるわな、とむしろ納得の痛みであった。

しかし、ホテルのトイレでウォシュレットを使ったとき、私は重大なことに気がついた。これは臀部全体が痛いんじゃない！　ある一点が痛いのだ！

バンと勢いよくトイレから飛び出し「尻の穴が猛烈に痛い」という旨をYに告げると、Yはこの旅一番の爆笑を見せてくれた。

しくしく痛む尻を抱えたまま五日目はスタートした。

【こぎ出してしばらくすると、雨が。今日は三重県亀山市まで。雨以上に尿が出ていますがとにかく雨が】

そう、五日目はかなり長い間雨に降られていた。このときすでに九月末、思っていたよりも体は冷え、これがまたかなり辛かった。しかも、東京生まれ東京育ちのYは「名古屋嬢の巻き髪といい名古屋グルメといい、このあたりの土地の人は派手、豪快ならそれでいいと思ってる」と、岐阜生まれヒップホップ育ちの私を愚弄《ぐろう》するかのようなことを言ってきた。しかしこのあたりのトラックの運転は確かにとても豪快で恐ろしく、反論はできない。

そしてメモにもあるように、私の尿意はすさまじいものだった。確かにこまめに水分補給はしていたものの、Yと比べると確実に私のほうがコンビニに駆け込む回数が多かったように思う。コンビニ店員も地域それぞれで、陽気なおばちゃんにレジ越しに話しかけられ、まんまと新発売の肉まんを買わされたこともあった。

知立市を抜け、名古屋市を走る。このあたりになると、私たちもかなり成長しており、自転車の速度はぐんぐん上がっていた。途中、木曾川、長良川の壮大さに大声を上げ、「三重県　木曾岬《きそさき》町」という文字に感動のようなものを覚えた。だって、三重県だ。東京にいた私たちが、自転車一台で、いま、三重県にいるのだ。このときの感動は、こうメモに残されている。

【木曾川、長良川を越えて三重県突入！　東京、神奈川、静岡、愛知、三重、あとは鈴鹿峠、滋賀を抜けて京都！　大学は授業始まってるけど】

最後の我に返り方は一体なんなのだろう。テンションが上がりきっていないところが雨の魔力だといえる。

ビジネスホテルに泊まるのも、この夜が最後だ。明日は、Yの知り合いで、京都の嵐山近くに住んでいる一家にお邪魔させていただくことになっている。急に、私たちの胸にさみしさのようなものが去来した。セシルへの愛、シルクへの愛、走り抜けてきた町並みへの愛、静岡県への憎しみ、脚の痛み、しくしく泣き続ける尻のある一点への愛、そして何よりただの移動ともとれるこの旅への愛。ただ自転車をこいでさえいればよかったこの日々も、明日京都に着いてしまえば終わってしまうのだ。「やばいよ！」「もう終わりだよ！」「着いちゃうよ！」と散々喚き散らしながらまた全身に薬を塗りすぎ、私は飽きもせずベッドの上でのたうち回ることになるのだった。

◆六日目　三重県亀山市〜京都府京都市東山区三条大橋（ゴール）

【６日めの朝！　サラダとサンドウィッチとオレンジジュースというお馴染みの朝食！　今日はついに京都へ!!】

　エクスクラメーションマークの踊り食いである。気持ちの昂揚《こうよう》がメモからも分かり易く窺える。亀山市を抜け、ひとつ駅を通り過ぎると、すぐに大きな山がでんと目の前に現れた。この山の向こうに京都があると思うと、越えてやろうではないかという気になる。

【この旅４つ目の峠越え、鈴鹿峠に差し掛かる。箱根峠、薩埵峠、中山峠ときて鈴鹿峠。息が白い。ＪＲがいつのまにか西日本になっていて驚愕。痔やばい】

　最後に重大事実が滑り込んでいるが、目を瞑ろう。なんせついに鈴鹿峠なのだ。昨日食事中に話しかけてきたおばさん集団にも、「明日鈴鹿越えるの!?　キャー！」と騒がれたし、指をがっつり入れて記念写真を撮ってくれたあの学生たちからも、「鈴鹿越えるの？　マジで？」と若干引かれた。このような世論により「鈴鹿峠」へのイメージは私とＹの頭の中でもわんもわんと不穏な形に膨らんでいた。一体どれほどのものなのか、この膝と尻の穴を携えた私は大丈夫なのか。

結論からいうと、鈴鹿峠は箱根峠の三分の一ほどのスケールだった。自然度、山度という点では競り合うが、辛さ、長さ、標高という点では箱根に遠く及ばない。いかに箱根峠が凄まじかったかが鈴鹿を越えてよくわかった。

とは言っても峠は峠、全く辛くなかったわけではなかった。トンネルは怖かったし、国道ではなく明らかに遊歩道である東海道を選択して進んでいったら、自転車をかつがないと通れないような本格的な山道にもぶつかった。一瞬、方向が分からなくなったこともあった。だが、この峠を越えれば京都にぐっと近づくという事実が私たちの心を煽りに煽ってくれていた。

ものすごい勢いで下り坂を駆け抜け、あっというまに滋賀県に入った。もう息も白くない。甲賀《こうが》市に入り、そのまま無我夢中で自転車をこぎ続け、湖南《こなん》市に入ったかと思うと、衝撃の標識が私たちを出迎えてくれた。

「京都まで26㎞　大津まで17㎞」

二六キロなんてすぐじゃん！　と思うくらいには私たちの距離感覚は順調に狂っていた。いま思うと自転車で二六キロなんてちょっと考えさせてくださいといった感じなのだが、そのときはもう京都が目と鼻の先に感じられたのだ。

ちょっと最短距離の道を外れてもいいから見よう！　と言っていた琵琶湖を華麗に通り過

ぎ、ただひたすらに自転車をこぐ。このあたりは携帯のメモも残っていない、写真も残っていない。本当に無我夢中でこいでいたのだ。また木々に囲まれたような上り坂が見え、休み休み進む。ゆるやかな上り坂が長く続いたかと思うと、ふと頂点が現れ、そのまま下り坂になった。

このときまだ正午を過ぎたあたりだった。こぎ始めてまだ六時間ほどだったが、ノルマである九〇キロのほとんどを走ってしまっていたのだろう。ふと、道がまっすぐになったように感じた。町並みが急に整えられた気がしたのだ。わかりやすく言うと、道と道が九〇度に交わっている感覚だ。コンビニか、歯医者かは忘れてしまったが、「京都」という文字を店頭に掲げた建物がすぐそばにあった。

京都に着いた、と思った。「ちょっとちょっと、京都店だって!」とYに言うと、「ほんとだ!」とYも言った。文字にするとものすごく普通な会話だが、今までYと交わした会話の中で一番濃密だった。京都の風を浴び、汗がスーとひいていく。いま自分が京都の町の中にいる、ということが信じられなくて、やばい、どうしよう、とよくわからないことを思っていた。

京都! 京都! と自転車に乗りながら叫んでいたのだが、ここから三条大橋までが意外と遠く、またすぐ私たちは発汗し沈黙した。テンションを上げるにはまだ早かったらしい。もう一度山越えのようなことをしてやっと、私たちの前に、写真でよく見るあの橋が現れた。

あのときほど、キャー！　となったことは人生振り返ってみてもなかなかないかもしれない。あんなに辿り着きたかった三条大橋をまずはシャーと駆け抜け、とりあえずローソン三条大橋店に駆け込みシャーとトイレを済ませた。そして近くにあった弥次さん喜多さん像に紛れ込み弥次さん喜多さん朝井さんをしたところで、脳が正常な状態に戻った。

着いたのだ。京都の三条大橋に。かつて京都を訪れたとき、この下を流れる鴨川沿いを優雅に自転車で走る若者の姿に憧れた、あの三条大橋に、だ。もちろん私たちもすぐに橋の下におりて写真を撮りまくった。そのあとかつて見た光景のようにシャーと自転車を走らせたのだが、意外に道に凸凹があったのでシャーというよりポコポコ上下していたと思う。

そのあととりあえず京都駅に向かい、「京都」という大きな文字の下でセシルとシルクを並べて写真を撮った。その直後、男子中学生三人組にゴミを投げられスリスリ寄ってきたおばさんにYがカラダを触られまくるという予想外の展開に見舞われたが、気を取り直して嵐山へと向かう。

この日は、Yの幼いころからの知り合いで、京都に住んでいるAさん一家におじゃますることになっていた。Yでさえ「十年ぶりくらいだし、緊張する」と言っていたが、私なんて全く知らない御一家なのだ。浜松市のときもそうであったが、今回の旅ではYの知り合い、つまり私とは何の関係もない人にとても助けていただいた。

ものすごく陽気なご両親、そして私やYと同い年の息子さん、このAさん一家というのが本当に本当に素敵な家族であった。見ず知らずのかりんとうに風呂を貸してくれ、おいしい手料理とお酒をたくさんごちそうしてくれ、寝床まで用意してくれたうえに、お母さんはなんと次の日、一日かけて京都を案内してくださった。しかも、私とYに付き合って、自転車で！　本当に感謝してもしきれない。京都に着いたらくたくたになってしまうのではないかと思っていたが、この一家のパワーもあってかそんなことは杞憂《きゆう》だった。しかも京都は自転車観光にうってつけで、一日あればかなりの寺院を巡ることができた。たらふく食べいっぱい笑いたっぷり休みみっちり観光し、京都にいた三十時間はとても濃厚なものとなった。

そう。京都には三十時間ほどしかいられなかったのである。二十七日の正午過ぎに到着し、二十八日の午後五時には帰りの新幹線に乗っていた。なんということだろうか。ちなみに、クロスバイクなどは前輪や後輪などを外して袋にまとめてしまえば、「輪行」と言って、新幹線や飛行機にも一緒に乗ることができるのだ。京都駅のすみっこで泥だらけになりながら自転車を分解し袋詰めしている私たちの姿を、きらきらした修学旅行生は嘲笑《あざわら》っていたに違いない。

なぜ京都に三十時間ほどしかいられなかったかというと、二十九日の十三時から、Yが休めない授業があると言い出したからである。Yは一年間留学していたので、その間に学年がひとつ私とズレていた。そのため、もうこれ以上授業を休んで単位を落とすことが怖いと主張したのだ。本当はもっと京都にいたかったし、京都に住んでいる人で会いたい人もいた。

しかしまあ、私も東京で人に会う仕事があったので、しぶしぶ二十八日の夜に東京着の新幹線に乗ったのだ。新幹線は、自転車では絶対に通れないような山々をバックリ切り裂くように進み続け、乗り込んで四十五分で名古屋に着いたときには声を出して笑ってしまった。東京に着くまでの二時間半の間、行きに費やした六日間がかけがえのない思い出に変わっていくのを私は感じていた。

翌日二十九日の午前十一時十七分、Yからメールが届いた。

【今からチャリで大学行く！】

今まで大学まで電車で通っていたYは、この旅を経て自転車に魅了されたらしい。その気持ちは私もわかる。だから私はこう返した。

【俺もこれからガンガンチャリで行動する！】

何だかうれしい気持ちだった。自由を手にしたような、なんというか、この気持ちをYと共有できている気がしてとても気分がよかった。この時点で、十三時の授業が始まるまで一時間と四十分以上ある。Yの自宅から大学までは、自転車ならば一時間ちょっとで行ける距離だ。

しかしよく思い出してほしい。常に私がYの前を走り道を誘導していたことを。

十三時ちょうど、携帯がブルルッと震えた。Yだ。

【道迷って授業逃した】

！

この十三時からの授業のために、たった三十時間の滞在で京都を去ったのに⁉

私はゲラゲラ一通り笑ったあと、【京都まで行ったヤツが大学に辿り着けないなんてそんなの嘘（笑）】と（笑）の片鱗も感じられない真顔で返信をした。

あれからお互いに自転車に乗っている状態で、大学付近でバッタリ出会うこともあるのだが、「リョウの背中を見ながら自転車に乗っていると、なんか気分が悪くなる」と罵《ののし》られた。そんなこと言うなよ、と私が後ろを振り返ると、「振り返ると後ろでYが自転車をこいでいる」という光景に私は気分が悪くなった。

今は、次はどこに行こうか、とYと話し合っている。次の旅までにはYに地図の読み方を叩きこみ、静岡県を舞台にした「峠に阻まれて会えない恋人たちの純愛物語」を執筆しておきたい。

落日

好き勝手立ち回ってきた田舎者の日々に訪れる
学生時代の終焉。

知りもしないで書いた就活エッセイを添削する

就職活動のことを何も知らない時期になぜか書いた就活エッセイに、この場を借りてツッコミを入れさせていただく。本文は10年3月の「小説すばる」の就活特集号に掲載されたものだ。

『就職戦線異状なし』*を読む

ある日の学生食堂で、大学の友人がこう言った。

「俺、インターン*やろうと思うんだ。アメリカの新聞社で」

僕は、彼が何を言っているのかよくわからなかった。入学当初から仲の良い友人なのだが、彼が英語の勉強に力を入れている様子は皆無であったし、そもそも確実に新聞社に行きたいとは思っていない。

『就職戦線異状なし』（杉本伶一著　一九九〇年　講談社刊）　バブル景気の中、就職活動に奔走する大学生を描く。「この本を読んで現代の就活について思うことをエッセイにして下さい」という依頼であり、当時大学二年生の著者にとってはムチャぶり以外の何ものでもなかった。

インターン　「大人に会うの怖いお」と思っているうちに著者がチャンスを逃した神聖な儀式。

「アメリカの新聞社って、まずかなりの英語力*がないとダメだよね?」

　僕が確認するように尋ねると、彼は
「アメリカの新聞社の日本支社みたいなところに行くから、大丈夫」

　とさらにわけのわからないことを言って胸を張った。「アメリカの新聞社の日本支社ってそれ日本の新聞社だったらダメなの?」僕がそう言うと、彼はもごもごしながら何かをごまかすかのように飯を頬張る。

　三年生という肩書きをもうすぐ手にしてしまう僕らは、二日に一回はこんな会話をしてしまう。僕らは不安なのだ。何かしらの武器を得ようと迷走してしまうほどに不安なのだ。帰国子女*でもなければ留学もしていない。スポーツで全国大会に出場したわけでもない。コネ*もない。それでもテレビや新聞は、未曾有《みぞう》の就職難だと騒ぎたてる。そうすると急に、自分が武器も何も持たずに戦場へ行かされる兵士のように見えてくるのだ。

　就活。自分はこの戦場を、生き抜くことができるのだろうか。僕

英語力
著者に最も欠けているもののひとつ。

帰国子女
著者が最も憧れる肩書きのひとつ。普段からその情報を出しているのではなく、あるとき何らかのきっかけで「え? 帰国子女だったの!?」「ああ……小学校卒業までは、向こうにいた」とクロワッサンだか何だかを食べているときにバレてしまうのが理想。

コネ
著者の就職活動においてインターネット上で挙がっていたキーワード。コネで集英社に就職した、という噂を著者自身耳にしたことがあるが、全くのデマである。ていうかそんなルートがあったなら就職させてほs

たち学生は、事あるごとにその命題にブチ当たる。

連日メディアが、数値やグラフなどでわかりやすく伝えてくれている「就職難」。それこそ、新聞、雑誌の記事やニュースの特集などで、データとしての就職難に僕らはほぼ毎日触れている。大学内定率が過去最低を記録した、私立文系の就職内定率は何%まで落ち込んだ……だけど、僕らを怯えさせているのは、そのような明確な情報ではないのだ。数値ではっきりと示されたデータよりも、教室に、学食に、部室に、大学内に蔓延《まんえん》している、*つかみどころのない冷たい空気のほうが、確かなものとして僕らを怯えさせる。

『就職戦線異状なし』というタイトルを見た途端、僕はいきなりイライラした。「異状」とは「普通とは違った悪い状態」のことである。この物語の舞台は八〇年代であるが、現代の就職戦線は*異状な状態だらけだ。少なくとも僕の目にはそう見える。

『就職戦線異状なし』の中には、四年生になって就活を始める奴もいれば、何十社も受け続けその全てに落ちている奴もいる。コネを持つ者もいれば*作家志望もいる。登場人物によって就活に臨む姿勢はそれぞれである。就活が来年に迫っていながら、今までその事実

つかみどころのない〜怯えさせる。

うまいこと言った！　という著者のドヤ顔と共にこの言い回しをお楽しみください。


異状な状態だらけだ。

よくもまあ就職活動をしたこともない身でこんなことを断言できたもんだ。当時の私の思い切りの良さには脱帽である。

作家志望
エゴサーチをやめられない著者が最も怯えている人たち。

から逃げ続けていた僕は、フィクションとはいえ、この物語の中に入り込んで彼らと共に戦っている気になっていた。

　エントリーシート。集団面接。グループワーク。筆記試験。課題作文。物語の中に多数でてくる、就活に関わる単語。そのキーワードは八〇年代でも現代でも変わらない。*僕たちは激動する社会の中、ずっと変わらない物差しで測られ続けている。キャラクターたちと共に僕は悩む。僕は何も知らない。もう、知ろうとしなければいけないのかもしれない。

　心臓を掻きむしるような焦りを感じた僕は、冒頭で迷走していた友人を無理やり引き連れ、大学にある*キャリアセンターというところに行ってみた。いわゆる就職課だ。まず場所がわからずウロウロしたが、なんとか辿りつく。しかし辿りついたところで、今度はオロオロとする。入口付近にずらりと並ぶ資料や、室内からねっとりと溢れ出している*空気感に負けていたのだ。息苦しくなる。

　就活の一歩を踏み出すための場所に、足を踏み出すことができない。自分はこんな場所に入ってもいいのか、という思いが先走りする。この思いはなんなのだろうか。

僕たちは激動する～測られ続けている。
お察しの通り、ドヤ顔の言い回しパート2です。存分にお楽しみください。

キャリアセンター
通称キャリセン。就活生がヘビロテユーザーと反キャリセン派に分かれるというのは元就活生にとっては常識であろう。ちなみに私はキャリセンの人にESを見せるなんて裸を見られるより恥ずかしい派。

空気感
【わかりやすく言うと】そんなに仲がいいわけではなかったクラスの同窓会に行くときの空気感。

ひたすらドア付近でオロオロとしていると、首に名札をかけた人が声をかけてくれた。名札には、その人の名前と、誰でも知っているような大企業の名前が記されている。*学生アドバイザーだ。大手から内定を得た四年生。「ちょっと、就職相談をしたいんですけど……」そうつぶやきながらも僕の目を引くのは、その人個人の名前よりも、その人が来年から所属する企業の名前だった。

その肩書きがあるのとないのとでは、何かが決定的に違う。同じ学生であるはずなのに、決定的に越えられない壁がある気がする。この人は来年から、家賃も携帯代も何もかも、自分で払えるのだ。定時に出勤し、嫌だなあと思いつつも残業などするのだ。昼は気の合う同僚と、*街角のシェフが作るオムライスなどを食べるのだ。*大人だ、と直感的に思った。この人は、大人だ。そう気付いたとき、自分は子どもだ、と思った。自分は、まだ何も知らない子どもなんだ。

名札を首からかけた大人はテキパキと空いているテーブルを探し当て、じゃあここ座って、と僕をストンと座らせた。そしてまっすぐに僕を見据えて、

学生アドバイザー
実際、「内定持ちの四年生」を経験すると、就活も終わり授業もほとんどない最も自由な【四年生】という期間を、後輩たちへのアドバイスに捧げていたアドバイザーたちの心の輝きに恐怖せざるをえない。

街角のシェフが作るオムライス
社会人になってもう二カ月以上が経過したが、今のところ街角でシェフに邂逅したことはない。

大人だ、と直感的に思った。
なんとピュアな私だろうか。とてもかわいい。大学四年生になってもお前は後輩から全く大人に見られないよ、という事実を耳元で囁いてあげたい。

「今日はどうしたの？　いーえす？」
と言った。
　僕の頭はこの瞬間ショートした。いーえす。イーエス？　ＥＳ細胞のこと？　僕は一瞬本気でそう思った。開口一番「いーえす」がなんのことかわからなかったので、とりあえず僕は「いーえすではないです」と言ってみた。その後、相談中にも「インフラ」という言葉が出てくるたび、物価上昇のこと？　蚊の幼虫*のこと？　と混乱し、家に帰って即ウィキペディア*に頼ったことを今この場を借りて明かす。ウィキペディアによると、インフラとは、「国民福祉の向上と国民経済の発展に必要な公共施設」のことらしい。この解説を読んでもよく意味がわからなかったことも、この場を借りて明かす（最近やっと、どうやら電気、ガス、水道、電話などのことを指す言葉のようだとわかった）。
　その後、勢いのままに*人生ではじめてＯＢ訪問を体験した。しかしその前日になって、僕は「ＯＢ訪問って一体何だ」と立ち止まる。ＯＢ訪問って一体何をするのだろう。何を訊くのだろう。ＯＢ訪問ってそもそも何なんだ。

蚊の幼虫
ボウフラのこと。インフラとかけているつもりらしいが、わかりにくいボケは慎んでいただきたい。

ウィキペディア
またの名を全大学生の教科書。ちなみに、ここに記載されている私の生年月日は間違っている。

勢いのままに
ここだけ抜き取ると「勢いのままに」となり、ちょっと奥田民生の曲のタイトルっぽくない!?　と思った私は少し疲れているのかもしれない。

結局十分な準備もできないまま某インフラの会社の方に会うことになった。唯一行《おこな》った準備というのも、その会社の公式ホームページのチェックだけ。しかも僕は間違ってその子会社のホームページをチェックしており、「今年は文系の採用はないようですね」*などとピント外れの発言を繰り返していた。

世間知らずだと誰かに言われたわけでもないし、ESやらインフラやら、そんな言葉もわからないのか、と怒鳴られたわけでもない。学生アドバイザーも、OB訪問で会った方も本当にやさしく、色々話してくれた。だけど僕は、OB訪問の帰りの地下鉄*に揺られながら、落ち込んでいた。自分は一体何なのだろうか。自分は、あと一年で、あの人たちに少しでも近づけるのだろうか。

これは僕の個人的な衝撃だったのかもしれない。だが、キャリアセンターの前で僕たちを踏みとどまらせたものは、こういうことの積み重ねなのだ。もともと就職が厳しいと言われている状況ではあるが、本当に僕らを怖がらせているのは、自分自身がまだ「大人」ではないという認識*ではないだろうか。自分と社会の間にある、見えないがとても大きな溝に、僕たちは立ち竦《すく》む。では大人とは、社

「今年は文系の採用はないようですね」
バカである。インフラ業界の総合職、そんなことがあるはずない。こんなヤツがOB訪問にきたらアッパーである。

地下鉄
ある小説の中で女性が「あんなダサい男とは別れる。だって彼、都営大江戸線沿いに住んでるのよ、地下深すぎて足が疲れちゃう」みたいなことを言っている、という情報を得ましたが私は都営大江戸線沿いに住んでいるダサい男です。

「大人」ではないという認識
こういうあやふやな言葉で結論をぼんやりとさせようという意図がミエミエである。

会とは何なのか、と訊かれたらうまく答えられないのだが、キャリアセンターやOB訪問で会った人は、自分とはハッキリと違う社会に生きる大人に見えた。

就活を始める時期が早くなっているのに反比例するように、僕ら学生の心が「学生」から剝がれることができる時期は遅くなっているように思う。

『就職戦線異状なし』の中で、登場人物たちが「十年後」と題された*課題作文に頭を悩ませる場面がある。*十歳のころの自分にとって、十年後の「未来はもっとずっとポジティブなものだった。漢字で書けない夢や希望は信じていられた」。だけど今の自分たちは「社会通念の陥穽《かんせい》の中で想像力を失ってしまっている」。この物語が創られてから二十年経った今でも、彼らの思いは僕らとぴったり重なる。

何も変わらないのではないだろうか。本を読み進め、実際に現代の就活に触れていく中で僕は思った。それこそ『就職戦線異状なし』の中には、一般企業から豪華な接待を受けている人物もおり、そこは現代とは決定的に違うだろう。しかし、大手マスコミの内定を得ようとしている登場人物と僕らの違いは、何もない。そもそも

課題作文
就職試験において最も私が燃えた段階である。だが燃え過ぎて空回りしつづけたというオチが見えすぎているため詳しくは記さない。

十歳のころの自分
言うまでもなく「目が悪いことがかっこいい」「花粉症がかっこいい」と思っていたころの自分である。

このエッセイは、八〇年代の就活と現代の就活の違いを書くという主旨だった。このように就活特集が雑誌で組まれてしまうことが*、それこそ八〇年代との違いではないか。インターネットの台頭や、四年制大学の卒業者の増加など、データとして変化した部分はたくさんあると思う。しかし、結局その「就活」という外壁が変わりつつあるだけで、その中で戦わなければいけない僕たち学生は、八〇年代の彼らと何も変わらない。不安で、過去に描いた未来の自分と今の自分とのギャップに苦しみ、十年後の自分を想像できない。

『就職戦線異状なし』の中で、大原という男が、思いを寄せる女性に声をかけられず立ち竦む場面がある。四年で就活を始め、未だに内定をひとつも取れない大原と、すでに銀行員として働いている女性。リクルートスーツを着た大原は、彼女に声をかけられない。自分と彼女との間に、飛び越えられない溝を感じているのだ。僕はこのシーンを読んで一度本を閉じた*。

就活とはきっと、唯一、現代日本にも残っている通過儀礼なのではないだろうか。海外の民族*などには、まだ古い通過儀礼が残っているところもある。あの岩を飛び越えなければ男として認められな

このように就活特集が雑誌で組まれてしまうことが、
仕事の依頼をしてくださった雑誌に突然ケンカを売り始める著者。

一度本を閉じた
たぶん嘘である。こんな芝居がかった動作したことがない。

海外の民族
ものすごいものを引き合いに出してきた、と我ながら噴き出しかけてしまったポイントである。

い。ここから飛び降りることが大人の証《あかし》。それが現代日本にはない。成人式というものがあるが、多くの人にとって、それがターニングポイントにはならないだろう。就活とはきっと、形を変えて現代日本に現れた新たな通過儀礼の形なのだ。自分と社会の間にある溝を、ここで飛び越えなければならないのだ。そのために、初めて未熟な自分と真正面から向き合ったり、触れたことのない世界に生きる人と知り合ったり、夢を諦めなければならなかったりするのだろう。

　今まで自分が何をしてきたか、を分析することにより、これから自分が何をしたいのか、を見つける。自分という人間が、社会という大きな舞台の上でどのように機能するのか。今までずっと何かに守られて生きてきた僕らに、就活は、はじめて現実を叩きつけてくれる。

『就職戦線異状なし』の終盤、「就職に包囲されてるみたいだ」という台詞がある。間違いない*。僕たちは就活に包囲されている。そして、自分が動ける範囲をどんどん狭められていくのだ。早くこの包囲を飛び越えなさい、外へ出なさい、と。

　冒頭で登場した友人がある日、また学食でつぶやいた。

間違いない
だからなんで大学二年生のお前にこう言い切れるのかと問いただしたい。

「俺、海外ボランティアやろうと思うんだ」

ふうん、と僕は相槌を打つ。アメリカの新聞社のインターンの次は、海外ボランティアだ。お前が海外ボランティアねえ、と僕がつぶやいたとき、友人はぼそりと言った。

「……でも、俺、本当は何がしたいんだろう」

友人から初めて聞いた言葉だった。就活のために何をするのかではなく、自分が何をしたいのか、根っこの部分を考える。僕たちはきっとその一歩から、就活の包囲をかいくぐってどこまでも広がる外の世界へと出られるのだ。


ふうん、と僕は相槌を打つ。

嫌なヤツである。


どこまでも広がる外の世界へと出られるのだ。

こんなかっこいいことを言い放った著者はいま社会人一年目、仕事のできない自分にうんざりする日々である。

自身の就職活動について晒《さら》す

就職活動、いわゆるシューカツ。あの半年間は、摩訶《まか》不思議アドベンチャーであった。まさにつっかっもっおぜっ！　といった感じだ。こういう仕事をしていると、友人たちから「就活するの？」と訊かれたことも多かったが、原稿料だけでこれから先も食べていけるなんていう勘違いは恐ろしい。そもそも新人賞などには本名で投稿していたものを、就職活動があるからという理由でデビュー時にペンネームにしたのだ。むしろ、いざシューカツ、といった具合だ。

シューカツには説明会参加から内定にいたるまで数々のステージがあるのだが、せっかくなので、そのステージごとに心に残ったことをここに書き記しておきたいと思う。ただひとつ前置きしておくが、これからシューカツをするという大学生で、「何か参考になるかも」等の期待を抱いている方はそんな思いを一切捨て去っていただきたい。むしろこれを読むくらいならその時間を使って少しでも新聞等を読むべきである。

【フライングスタート】

あれはまだデビューして間もないころだった。大学二年生の冬、二十歳。シューカツなんて景気の悪いどこか遠い国のお話、くらいに思っていたあのころ、某出版社の某雑誌からある特集への原稿依頼をいただいた。その特集は「就職活動」、依頼された原稿の内容は「活動開始を間近に控えた現役大学生から見たシューカツ」といった感じのものだった。

なぜこの依頼が私に？　と純粋に疑問に思った。就活なんてまだまだ先のことだと思っていたからだ。しかも枚数は原稿用紙十二枚ときたもんだ。それなりの長さである。当時の私は就活のシの字も知らない段階だった。もうこれは「プロレスの醍醐味について語ってください」と依頼されるのと同じである。作家だからといって何でも語れると思ったら大間違いだ。

どうしようどうしようと言っているうちに締切が迫ってきていたため、私は偽りのＯＢ訪問をすることになった。これが私の人生初ＯＢ訪問である。偽りというのも、担当編集さんを「大学の先輩」とし、編集さんから紹介していただいた方に会うという形をとったからだ。クロゼットの奥で眠っていたスーツを引っ張り出し、慣れないネクタイを締め地下鉄に揺られながら、「俺……何してんねやろ？」と思ったあの日のことを私は今でもよく覚えている。

就活を終えたいま振り返ると、あのときのＯＢ訪問は失礼極まりなかった。相手の会社のことをロクに調べもせず、編集さんの隣で「後輩」を装いニヤニヤすることに終始しただけだったからだ。もし自分が会社員でこんな馬顔スーツが来たらとめどなくイライラする。特にちゃんとした質問をすることもなく、デビュー戦は終わった。

先方に迷惑をかけただけのOB訪問体験を経て書き上げた原稿も、正直、今になって読み返してみると摩訶不思議アドベンチャーである。給料泥棒と頬をはたかれても何も言えない。当時のエッセイを自ら添削してやりたい。(……と思ったので実際に添削したのが先の一篇である)

思えば、「就活」というものをちゃんと意識したのはこのときが初めてだった。タテマエだらけとはいえあのエッセイを書いたことで、SHUKATSU、という「マシ・オカ」的な日本語なのに外国語、みたいな言葉がようやく自分の中に染み込んできたのは確かだったので、その点であのエッセイは書いてよかったと言える。

ここでは、実際に私が身をもって体験した就活について書こうと思う。

【セミナーデビュー】

あっというまに大学三年生の冬がやってきて、私や友人たちは一瞬で就活の波に呑みこまれた。私のサークルでは三年生の学祭を終えて就活、というのが常となっているのだが、学祭後の打ち上げが終わり、朝の高田馬場駅のロータリーで「……就活ね……」と同期と肩を落としたことを覚えている。

とりあえず、という気持ちで、私はマナー講座的なところに出陣してみた。スーツの選び方やら敬語の使い方やら、「そんなん知ってるわ」と吐き捨てたくなるようなことばかり教えてくれるあの講座である。

案の定、キャンキャンモデル並みの口角の上げ方をした女の人が、壇上で終始ニコニコしているショーを観賞しただけだった。みんなもう知っているような言葉づかいの注意点だけでなく、礼の角度までも指定してくる。何なのだ。ていうかあなたは一体何者なんですか。この講座ギャラいくらなんですか。

やがてその女性はこう言った。

「それでは、隣の人と向き合って、お互いにお互いの笑顔のダメ出しをしてみましょう!」

笑顔のダメ出し? と戸惑う学生たちを嘲笑うかのように、壇上の大きなスクリーンには「スマイルチェック」という派手な文字が躍り始めた。

「ハイ、それじゃあ一分間、どうぞ!」

それは人生で最も長い一分間だった。

そこらじゅうで、見知らぬ者同士が引きつり笑いを浮かべ合っている。でも、今会ったばかりの他人に笑顔の欠点など指摘できるはずもない。そりゃあそうなる。たとえ親友同士であっても「君の笑顔は裏がありそうで不快」なんて指摘し合えないだろう。それでもこの一分間を埋めなければ、と、私は「どうもお」と隣の人のほうに上体を向けた。

隣の彼は、服の中に潜ませ袖から伸ばしたイヤフォンを両耳にはめており、私に向かってぼそりと言った。

「スイマセン、いま競馬聞いてて」

私は一分間放っておかれた。さすがにちょっとさみしかった。ちゃんと笑うからこの際私の笑顔の欠点を指摘してほしかった。このとき私は、こういう系統のセミナーの無意味さを痛感した。きっと、この一分間知らない人とニヤニヤし合っている人たちより、この競馬を聞いているワイルドボーイのほうが人生楽しんでる。こいつのほうが就活だってきっとうまくいくだろう。何の根拠もないが、一分間鎮座しながらそう思ったのだ。

【エントリーシート】

そうして始まった就活、やはりはじめに立ちはだかる壁はエントリーシート、いわゆるＥＳであった。もともと文章を書くことが好き、というかそれが仕事となった私だったが、ＥＳとは私の書いてきた文章とは全く違うものであった。情景描写も、比喩も、リアルな学生の会話文も、起承転結も、伏線も、何も必要ないのだ。やめるってよとか言っちゃダメなのだ。

与えられた質問に、簡潔に、わかりやすく、指定された文字数以内で答えなければならない。「短編五十枚お願いします」と言われてグヘヘと笑いながら七十枚書いてしまい「すいませえん」とペコペコして無理やり掲載していただいていた今までとはワケが違う。慣れるまではそれが大変きつく、つい劇画調になってしまう「学生時代にがんばったこと」を、社会人三年目の先輩にぶった斬られたりしながら私はESを量産していった。手書きにうんざりしてきたころにやってきた「特技」の欄にたまに「耳を動かせます」とかくだらないことを書いたりしてリフレッシュしながら、履歴書だけでなく商品の企画書を書いたり、絵でも文章でも何でもいいから真っ白なA4用紙を埋めなさい、なんてものにも必死に取り組んだ。

そんなエントリーシートに関して印象に残っている話といえば、下着メーカーを受けようとしていた女友達のキャッチコピーを考えたときのことだ。

そう、「自分にキャッチコピーをつけ、そのコピーをつけた理由を説明してください」なんて辱めにも耐えなければ内定は授かれないのだ。友人の中には、模擬面接で「自分を野菜にたとえてください」と言われたので、「キャベツです！　真ん中に芯が通っているからです！」と持ち前の大喜利力で整然と答えてみたところ、「うまいこと言えって言ってるわけじゃないんですよ」と八方ふさがりな返答をされたという兵《つわもの》もいた。何だこのプレイは。うまいこと言う以外に一体どういう切り抜け方があるというのか。「ネギです。くさいからです」「みかんです。愛媛出身だからです」等と言えばよかったのだろうか。もうこうなってくると大人たちに遊ばれているとしか思えない。

今回の場合は、下着メーカーだ。つまり、そのへんになんとなくかかっていたほうがいいのではないか。さきほど「うまいこと言えって言ってるわけじゃない」エピソードを披露したが早々、私たちはうまいこと言おうとしていた。

「下着メーカーってことは、やっぱり女性らしいコピーをつけるべきじゃね？」

「あと、こういうのって、少し言葉足らずなくらいがいいらしいよ。面接官に突っ込ませるっていうかさ」

「おっ、って食いついてもらえればそれで勝ちって、あたしもなんかで読んだ！」

「人間性も表してて、突っ込みたくなって、下着メーカーぽくて、食いついてもらえるやつ、か」

夕飯を平らげながらの会議は続いた。そんな、就活指南本で得た知識やらなんやらをこねくり回して生まれたのは【魅惑のデリケートゾーン】というわけのわからないキャッチコピーだった。頭がどうかしていたといえる。みんなもういろいろ話しすぎていて頭がまわらなくなっており、「もうそれでいいじゃん」という空気になっていた。いいわけない。もし自分が人事部だったら開口一番魅惑のデリケートゾーンをアピールしてくる学生はちょっと避けたい。

結局その友達はエントリーシート選考で落ちた。その下着メーカーはまともな会社だということがわかったので、このコピーが生まれた意味はあったといえる。

【集団面接】

エントリーシートが通過となると、大体は集団面接というものが待っている。面接官は一人、または複数、そして学生が複数という形だ。だから自分が話していない時間、つまり同じ立場である学生の話を聞く時間があるのだ。要する時間も長いし、「面接官だけでなく、学生にも聞かれている」という恥ずかしさもあいまって、なかなか体力を使うシステムである。さきほどまで控室でヨロシクねへへへなんて言い合っていたのに、面接官の前に並んだとたん、どっちがうまいこと言うか選手権の公式ライバルと化すわけである。

ぎらぎらと闘志をむきだしにしてくるような学生もいれば、ああほんとうに緊張しいなんだなと一目でわかる学生もいたり、嘘をついていることが明白な学生もいたりと、集団面接とはなかなか悲喜こもごもであった。というか、就活生というのは基本的に同じような本を読み同じようなテクニックを使うものなので、お互いにお互いの手の内をさらすのはなんとなく恥ずかしいのだ。

そのぶん、印象的なエピソードが多いのもこの段階である。友人からも、「報道メディア系の企業で、震災が起きたときどこにいましたか、と訊かれ、ラブホテルと回答した淑女がいた」「トンカツの部位の見分け方を延々と語る兵に出会った」等と素敵な体験談が続々と寄せられた部門がこれである。しかも、淑女はその後「いや、でも、昼だから安くて」「彼氏と会うのは久しぶりで」とどうにもならない言い訳をポカンとした面接官たちに突き付け続けたらしい。なんという勇気。友達になりたい。

そこで私自身が出会ったエピソードをひとつ紹介しよう。

私はそのとき、かなり志望度の高い企業の一次面接を受けていた。面接官が三人、学生も三人、横並びになっている三人組のあいだには長机が置いてあり、そこには私たちのエントリーシートや履歴書が置かれていた。だから、お互いに上半身のみが見えているといった状況だ。スーツ指定であったため、みんな、ぱりっとしたスーツ姿にスーツ用カバン、きれいな革靴といった具合だ。

質問は、学生時代にがんばったことに始まり、志望動機、業界他社と比較してなぜ弊社なのか、と、とってもオーソドックスであった。私は一番右側に座っており、一番左には小柄な女子、真ん中にはのっぺりとした印象の長身の男子がいた。

背筋をぴんと伸ばして並ぶ私たち三人を見渡して、女性面接官が言った。

「それでは、自分の欠点を三つ、お願いします。それではこちらの方から」

ハイ、と、左端に座っている女の子が返事をした。ハキハキと、「私の欠点は～」と語りだす。集団面接における暗黙の了解として、自分ではない学生が話しているとき、その学生のほうを見ながらウンウンと頷いたほうがいい、というものがある。私ももちろんそれに倣った。

女の子が三つの欠点を言い終わりそうになったとき、ふと、私の目に留まったものがあった。

隣ののっぺり男子の足元。そこにはカラフルなスニーカーがあった。

ええ！　と思ったが、面接中である手前、私は衝撃をぐっと吸収する。面接官と私たちの間には長机があるから、面接官からはその浮かれた足元が見えていないようだ。なんとまあ……と思っていたとき、そののっぺり男子が「ハイ」と返事をして話しだした。

「私の欠点は、おっちょこちょいなところです」

知ってる！！！

すぐ隣で合点した私は思わずブッと噴き出してしまい、面接官に少々不審がられた。す、すみません、と気を取り直したが視線は彼の足元に釘づけだ。彼はその他ふたつの欠点についても語りだしたが、どっからどう見ても純度百パーセントのおっちょこちょいであるため、最後までどうしても私は笑いをこらえることができなかった。あの彼はどこの企業に入ることになったのだろう。シューズメーカーの営業なんて向いているんじゃないだろうか。

【筆記試験】

集団面接が通ると、グループディスカッションや筆記試験がある。

グループディスカッションとは五〜七人ほどのグループを組まされ、あるひとつのテーマについて「賛成」「反対」と立場を表明して議論をしたりする試験だ。話し合いの末どんな答えが出るのか、ではなく、ある答えを出すまでの話し合いの過程が見られているという。私が受けた中では一時間以上に及んだものもあった。時間と体力をかなり使うステージである。

筆記試験とは読んで字のごとく、中学、高校でもよくやったペーパーテストである。国語、英語、数学等これまで学んできた教科から、ここ一年間の新聞の紙面を賑わせた一般常識問題や、テーマを与えられた作文、その会社にまつわる語句のテストや、歌詞を書かせたりするクリエイティブテストなんてものもあった。某放送局の筆記試験は約五時間休憩がなく、終わったころには心身ともにくったくたになってしまった。

そんな中、私は志望度がかなり高かった企業の筆記試験に挑もうとしていた。そのころの私は「執筆の時間を確保できる」ことを最重要項目として企業選びをしていた最低就活生であり、そういう点でその企業は素晴らしかった。社員の方に話を聞いてみた際、「とにかく時間がたくさんあるから部活動がやけに盛ん」とおっしゃるので突き詰めてみると、なんと「ドミノ部まである」らしい。そんなレベルにまで行き届いた部活動がある会社なんて珍しい。さらに、きちんと発表の場まで設けられているという。昼休みになると学生のように部活動へと飛び出すんだよ、という、ていうかそれは大丈夫なの？ という話までうかがい、私のテンションはぐいぐい上がっていた。かなり自由度の高いエントリーシート、三十分×二回の面接を通過し、ここにきて筆記試験という難関だ。絶対に通過したい。

筆記試験ともなると、大体、駅に着いたとたんにリクルートスーツ姿の仲間がちらほらと見られるものなのだが、会場に着くまでひとりも会わなかった。おかしいな、普通は百人単位の会場で行われるからこのへんでうじゃうじゃ就活生がいて地図なんかいらなくなるはずなのに……あれれ？　と思っているうちに会社に着き、人事部の方に試験会場まで案内された。

そこには椅子がひとつしか用意されていなかった。ぽかんとする私に、人事部の方は言った。

「お察しの通り、あなたひとりです」

全然察してねえよ!!

どういうこと!?　と慌てているあいだに試験は始まった。会議室のような場所に、私ひとりぽつねん、である。また、驚くべきことをいうが試験官はふたりである。まるでコントのような光景がそこには広がっていた。しかも国語、数学、英語、性格検査、と四教科あったテストは今まで受けた筆記試験の中でも一番といっていいほどに難しく、私は状況が面白いやら問題が難しいやらなんやらで頭から煙が出そうになっていた。

だが、試験官のほうはかなりリラックスしたようすで、必死に鉛筆を走らせている私に向かって「お茶飲む?」と緑茶を差し出してきたりした。いやいやアンタ俺いま試験中だから! 目の前でわかりやすく暇をもてあますのやめて!

また、筆記試験中はぎゅーっと頭を使うので休み時間のときにすごく気が抜ける。ある試験のときでは、途中休憩のときにトイレに行こうと席を立ったら、その群れの先頭に立ったことがあった。このまま私がトイレではなく会場の外へと出て行ってもみんなついてきそうな感じである。「お、先頭てことはいま俺の顔って誰にも見られてない?」ふとそう気が付いてしまい、日々続く慣れないスーツ・丁寧な言葉づかい・さわやか笑顔のうっぷんを発散させるべく、思いっきり変顔をしながらトイレまで歩いたのも今ではいい思い出である。「就活」の服装で、「就活」の場にいながら超変顔をするというのはちょっとした背徳感があり謎の興奮を味わうことができた。おすすめのリフレッシュ法である。

【個人面接】

エントリーシート、集団面接、筆記試験、グループディスカッションを経て、やっと個人面接に辿り着く。回数は会社により異なれど、大体この個人面接が最終関門ではないだろうか。しかし勘違いしてはいけない。「個人」というのはこちら学生側の数なのであり、面接官の数はどんどん増えていく。ちなみに、私の活動中での最高人数は「1対14」であった。その部屋に入り、ただならぬオーラを持つ十四人の方々が長机に並んでいるのを見て、「最後の晩餐」を思い出したことを今でも覚えている。あの並びの中で後々何百年にわたる議論が醸し出されるようないろんな出来事が行われていたとしてもそれはそれで納得といった具合だ。

個人面接となると、集団面接と違い、ごまかしようがなくなってくる。単純に、集団面接と比べて、自分が話す時間が二倍、三倍と長くなるし、面接官の視線の集中度も二倍、三倍だ。体力の消耗は集団面接のときの比ではない。いま冷静になって考えてみると、知らないおじさんと密室で三十分間二人っきり、自分のいいところをアピールするだなんて、一体なんだそりゃといった感じである。そこで私が経験した、一体なんだそりゃ面接のエピソードを紹介したいと思う。

この日は受けていた企業もとても興味のあるところで、採用フローもなかなかのところまできていた。いざ、人事部長と1対1。時間は三十分程度。気合いが入る。

社員である女性に、部屋に通される。広めの部屋に椅子がふたつ。私と、面接官のものだろう。手動で椅子の高さを変えられるキャスター付きの椅子だ。私はなんとなく自分の椅子の高さを、一番高いところに設定しておいた。

「ここで待っていてくださったら、面接官が参りますので」とのこと。自分以外誰もいない部屋、シーンとしている。環境に緊張させられている感じだ。コピーしておいたエントリーシートを見直したり、その会社についてまとめた資料などを読み返したりしていると不意に、コンコン、とノック音が響いた。

「こんにちは」

まじめそうな面接官が入ってきた。男性だ。私は立ち上がって、よろしくお願いします、と頭を下げた。やはり人事部長、漂うオーラに迫力がある。今日はどうでもいいことなんて話している場合ではない。限られた時間の中で、的確に、簡潔に答えなければ。

ストンと椅子に座ると、その男性面接官は言った。

「僕、いくつに見える？」


どどどどどーでもいい‼

簡潔に的確に答えなければ、という思いから、「三十五です」と瞬時に断定してみたが、面接官は何事もなかったように面接を始めた。違ったのだろうか。本当はもっと年上だったことへの照れ隠しだろうか。少々動揺しながらも気を取り直してひとつずつ質問に答えていく。途中、「なんだか堂々としていますね」と言われ、「そりゃ俺のだけ椅子高くしておいたからなあ」とか思っているうちに、いつのまにか三十分が経とうとしていた。面接官がちらちら時計を確認しだす。話し口調も、その場をまとめようとしている感じだ。確かな手ごたえを感じながら、私は最後までひとつひとつ丁寧に質問に答えていく。

そして、キッと目に力を入れて、面接官は言った。

「最後に、どうしても聞いておきたいことがあります」

ゴクリ。唾を吞む。大丈夫、ここまでは好感触だったはずだ。ここで何を言われても、ブレてはいけない。

「きみ、耳を動かせるの?」


!


――「特技」の欄にたまに「耳を動かせます」とかくだらないことを書いたりして――【エントリーシート】の項目で書き流していたことを思い出していただきたい。シートを書くのは十二月から二月にかけて、いざ面接に挑むのは四月から。シートを書いていた当時はその量にうんざりし、「こんなん書いといてやろ」という怠惰な気持ちが発生していたかもしれないが、忘れていたころにそのシートを送った会社の面接がやってくるのだ。なんということだろう。私は○・○一秒ほど戸惑ったのだが、すぐにどや顔をした。

「はい、動かせます」

へえ、と面接官は頷いた。だって動かせるのだから仕方がない。

「ちょっとやってみてくれますか」

「はい」（無言で顔を横に向け、ひょこひょこと耳を動かす私）
「……はい、わかりました。面接は以上です」
「ありがとうございました」（前に向き直って）
奇妙な雰囲気のまま面接は終了した。シートの回答でちょっとひねってやろうとか若干中二的なことをすると結局未来の自分に返ってくるということがよくわかったと思う。耳を動かせる人はそれを特技として謳《うた》わないほうがいいということだけこの場を借りて忠告しておく。

【就活を終えて】

フライングスタートをしたときには全く想像していなかったような数々のステージが、就活には潜んでいた。中には選考の中に合宿があったという人もいるのだから、私なんかはまだ苦労知らずなのかもしれない。就活生という、異常な心理状態の者たちが集まった合宿なんて、一体どんなことが起きてしまうのだろう。考えただけでワクワクする。
指南書的な役割をすこしでも期待した方には本当に申し訳ない。ここに記したことが私の就活のすべてである。もし将来、これを読んでくださった年下の読者が就活をすることになって、ＯＢ訪問をしたときこれらのエピソードをどや顔で話した人がいたらそれは私だ。もしかしてそうかな？　と迷ったときは「耳を動かしてください」と聞いてみてほしい。

社会人になることを嫌がる

大学四年生の三月、つまりは、社会人デビューまであと一か月。このころの私の怯《おび》えようったらなかった。

とにかく友人と会う約束をしては「やだやだやだやだ」と喚《わめ》き、打ち合わせで各社担当の編集者さん方に会うたびに「ほんとにやだやだやだやだ」と喚き、各書店の書店員さんに会うたびに「心の底からやだやだやだやだ」と喚いていた。とにかく嫌だったのだ。内定者インターンやら三月入社やらで一足先に社会人となった友人たちを思っては心の底から「かわいそう！」と嘆いたり、高校時代の先輩と飲みに行って「あれ？　この人でも社会人やっていけるってことは、もしかして大丈夫……？」と大変失礼な形で安心したりと、心の安定とは程遠い日々であった。妊婦が、わたし母親になれるのかしら、と思う気持ちと似ているかもしれない。なんて言ったら殴られるかもしれないが、とにかく「こんな私で大丈夫なの!?」という不安感に苛《さいな》まれていた。また、今年は四月一日が日曜日であり、変に寸止めを喰らった形となったため、入社式前夜、私の不安は最高潮に達していた。ツイッターでは落ち着いた風を装っていたが、実際はキッチンや浴槽等の水回りを大掃除するという奇行に没頭していたのである。

これを書いている今、社会人デビューをしてすでに一か月以上が過ぎている。

やることなすことが新しい、という日々はひどく久しぶりで、同期の言葉を借りるならば「中学一年生のときの部活の仮入部」の期間にとっても似ている。自分の行動ひとつひとつが気になり、先輩の行動ひとつひとつも気になる。「あいつとあいつ付き合ってるんだよ」と言われれば丸ごと信じるし、「あの人の言うことはまあ大体うそだから」と言われればそれも丸ごと信じる。それが新入社員である。

この一か月、新人研修という名目で、私は二週間の座学と二週間の実習配属を経験した。座学ではずっと同期と一緒に行動していたが、実習配属では同じ部署に配属された同期はゼロだ。ひとりきりで二週間、仮配属という形で実際に部署で働くのだ。

これが非常に緊張した。同期の中に紛《まぎ》れていられたこれまでとはわけが違う。たったひとりで二週間、はじめましての人たちと一緒に働くのだ。いま冷静に考えてみればこれまでのアルバイトなどもそうであったはずなのに、このときの緊張は半端ではなかった。実習配属先が発表された夜は、同期みんなで酒を飲み結局朝を迎えた。みんな不安と緊張と期待で心がパンパンだった。

ここで素敵な実習配属エピソード（例：道端で転んでいるところを助けた方がなんと取引

先の重役で、契約ひとつゲット！）が飛び出せばいいのだがそういうこともなく、とにかくバッタバタ駈《か》けずりまわったり、電話の切り際の定番文句「失礼いたします」を噛《か》んだ結果「失礼しちゃいます☆」と言ってしまうというおちゃめ事故を起こしたりしているうちに、あっという間に二週間が終わった。ちなみに、そのあいだに一度、以前に作家の仕事でお会いした方に新入社員として会う機会があったのだが、先方は私が私であることに全く気が付かなかった。それは当然なのだが、ものすごくまじめな顔をしながら内心でニヤついてしまったことはここだけの話としておきたい。

特筆すべきことがなくて申し訳ないのだが、私はなんだかんだ社会人一年目の生活をしている。いまのところ作家の仕事と両立していけるかなんて全くわからないし、だからといって今後一切小説を書かないわけではないと思うし、いつか会社をやめる、なんていうプランを立てているわけでもない。よく「小説のネタのために就職したんでしょう？」なんて馬鹿なことを聞いてくる人もいるが、そんなはずがない。単純に、「作家デビュー」という人生の夢と、「就職」が順番として逆になってしまっただけだ。大半の人が、大学を卒業すれば就職するだろう。私も大学を卒業したから就職した。ただそれだけのことだ。なのになぜ、行くところ行くところで就職した理由を聞かれるのか、私には理解できない。

あんなに嫌だ嫌だと嘆き合った友人たちもみんな、研修施設で同居人となった同期をももいろクローバーZのファン仲間に仕立て上げたり、飲み会を盛り上げるために噴水に飛び込んだりしながら、それぞれに自分の新たな場所を築いていっているようだ。私たちは自分で思っているよりもたくましいのだ、きっと。友人たちの姿を見て私はそう思う。私もそう見られていたらいいなと思う。

二〇一二年五月

著者プロフィール

1989年岐阜県生まれ。
早稲田大学文化構想学部在学中の2009年に
『桐島、部活やめるってよ』で
第22回小説すばる新人賞を受賞しデビュー。
他の著書に『チア男子!!』『星やどりの声』
『もういちど生まれる』『少女は卒業しない』など。

学《がく》生《せい》時《じ》代《だい》にやらなくてもいい20のこと

2012年6月25日　第1刷発行
2015年2月20日　第5刷発行

著　者　朝井《あさい》リョウ

発行者　吉安章

発行所　株式会社文藝春秋
〒102-8008　東京都千代田区紀尾井町3-23
電話　03-3265-1211㈹

印刷所　光邦

製本所　大口製本

ISBN 978-4-16-375250-1　Printed in Japan